Couverture supérieure manquante

Original en couleur

NF Z 43-120-8

ŒUVRES COMPLÈTES D'YVAN TOURGUENEFF

à 1 fr. 25 le volume.

Assia-Faust. . . . . 1 vol.

Pères et Enfants . . . . 1 vol.

Terres vierges. . . . . 1 vol.

A la veille de la Liberté . . . . 1 vol.

Roudine . . . . 1 vol.

Fumée . . . . 1 vol.

Une Nichée de Gentilshommes. . . . . 1 vol.

Mousnou et autres Récits . . . . 1 vol.

Le Roi Lear de la Steppe. . . . . 1 vol.

Clara Militch. 1 vol.

Le Chant de l'Amour. . . . . 1 vol.

Poèmes en prose . . . . 1 vol.

Récits d'un Chasseur, 1re et 2me séries . . . . . 2 vol.

Souvenirs et Menus Propos, 1re et 2me parties. 2 vol.

Théâtre complet . . . . 3 vol.

PARIS. — IMP. C. MARPON ET E. FLAMMARION, RUE RACINE, 26.

EAUX PRINTANIÈRES

IVAN TOURGUENEFF

Pour paraître successivement dans cette collection :

ÉMILE COLIN — IMPRIMERIE DE LAGNY

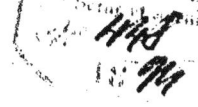

ŒUVRES COMPLÈTES D'IVAN TOURGUENEFF

Nouvelle traduction inédite de **MICHEL DELINES**

———

EAUX
PRINTANIÈRES

———

PARIS

ERNEST FLAMMARION, LIBRAIRE-ÉDITEUR

26, RUE RACINE, PRÈS L'ODÉON

—

AVERTISSEMENT

Plus de dix années ont déjà passé sur la tombe du grand romancier russe, Ivan Tourgueneff. De son vivant, ses romans avaient été connus et appréciés par les lettrés, mais sans pénétrer jusqu'au grand public.

Ivan Tourgueneff avait débuté par les *Récits d'un Chasseur*, qui l'avaient d'emblée classé hors de pair.

« Il acheva de s'insinuer dans les cœurs, dit M. Melchior de Voguë (1), avec d'ex-

(1) *La Russie.* Librairie Larousse.

quises petites nouvelles du même ordre,
avec des romans sentimentaux, comme
la Nichée de Gentilshommes, dont le
charme reste toujours jeune pour nous,
grâce à la discrétion, à la sobriété des
moyens qui le produisent. Dans *Roudine*,
il analysait le manque de volonté, l'absence
de personnalité morale qu'il reprochait à
ses compatriotes, plaisamment et trop sé-
vèrement, quand il disait : « Nous n'avons
» rien donné au monde, sauf le samovar;
» encore n'est-il pas sûr que nous l'ayons
» inventé. » Dans *Pères et Fils*, il sondait le
fossé infranchissable qui s'était creusé entre
la génération du servage et celle de 1860;
il diagnostiquait et baptisait le premier le
mal qui allait ronger les nouveaux venus,
le nihilisme. Il en suivit les progrès crois-
sants dans *Fumée*; il en décrivit les mani-
festations extérieures dans *Terres vierges*.

» Tourgueneff n'a pas poussé aussi loin que Tolstoï la connaissance et la domination de l'âme humaine; mais il ne le cède à personne pour la divination des nuances de sentiments; il demeure supérieur à tous ses rivaux par la force du génie plastique; instruit à notre discipline intellectuelle par la longue fréquentation de nos écrivains, *il est le seul Russe qui satifasse pleinement les exigences du goût classique; il est l'artiste par excellence.* Les courts récits de cet inimitable prosateur ont fait dire à M. Taine que depuis les Grecs, aucun artiste n'a taillé un camée littéraire avec autant de relief, avec une aussi rigoureuse perfection de forme. »

Le moment est venu de réunir les œuvres du plus parfait écrivain de ces derniers temps en une collection complète, que son prix modique rendra accessible à toutes les bourses même les plus modestes.

La traduction de l'œuvre de Toùrgueneff a été confiée à M. Michel Delines, dont les travaux sur la littérature russe sont depuis longtemps appréciés par le public.

Les ouvrages paraîtront dans l'ordre annoncé en tête de ce volume.

EAUX PRINTANIÈRES

..., Joyeuses années,
Heureuses journées,
Vous avez passé
Comme des eaux printanières.
(Une vieille romance russe.)

Vers deux heures du matin, Sanine rentra dans sa chambre. Dès que son domestique eut allumé les bougies, il le congédia — et se jetant dans un fauteuil, au coin de la cheminée, il enfouit son visage dans ses mains.

Jamais il n'avait ressenti une telle lassitude corporelle et morale.

Il venait de passer la soirée en compagnie de femmes agréables, d'hommes instruits ; quelques-unes de ces femmes étaient belles, presque tous les hommes se distinguaient par leur intelligence et leur talent, — lui-

1

même av it soutenu la conversation avec succès et même brillamment, et cependant jamais encore ce *tædium vitæ* dont parlent déjà les Romains, jamais encore cette « horreur de la vie » ne l'avait si impérieusement dominé, si violemment étreint.

S'il avait été un peu plus jeune, il aurait pleuré d'angoisse, d'ennui, de surexcitation ; une incisive et cuisante amertume, une saveur d'absinthe pénétrait toute son âme. Un sentiment de dégoût, de douleur l'oppressait, l'enveloppait de toutes parts dans un brouillard de nuit d'automne ; — et il ne savait comment se délivrer de cette obscurité ni de cette amertume.

Il ne pouvait pas attendre l'apaisement du sommeil ; il savait qu'il ne dormirait pas.

Il se mit à réfléchir,... avec paresse, lourdement, méchamment.

Il songea à la vanité, à l'inutilité, à la banale fausseté de tout ce qui est humain.

Il passa en revue tous les âges, — lui-même venait d'entrer dans sa cinquante-deuxième année — et il n'en épargna aucun. Toujours le même effort dans le vide, toujours fouetter

l'eau avec des bâtons, toujours se mentir à
soi-même, à demi-sincère, à demi-conscient.
— Puis, tout à coup, sur la tête tombe la
vieillesse, comme la neige... et avec la vieillesse la crainte de la mort qui va toujours
en augmentant, qui dévore et qui ronge... et
après, le saut dans l'abîme !

Et c'est pour les privilégiés que la vie s'ar-
range ainsi !... Heureux qui ne voit pas avant
la fin s'étendre sur lui, comme la rouille sur
le fer, les maladies, les souffrances...

La vie lui apparaissait non comme une mer
houleuse, ainsi que les poètes la décrivent,
mais comme un océan imperturbablement
calme, immobile et transparent jusque dans
ses profondeurs les plus obscures ; lui-même
il est assis dans une barque vacillante, —
tandis que là-bas, sur ce fond sombre et va-
seux, on aperçoit comme d'énormes poissons,
des monstres difformes : tous les maux de la
vie, les maladies, les douleurs, la folie, la mi-
sère, la cécité...

Il regarde et voit un de ces monstres surgir
des profondeurs, monter à la surface, devenir
plus net et en même temps plus horrible. En-

core une minute, et la barque soulevée par le monstre va chavirer !...

Mais le monstre s'efface, il s'éloigne, il retourne au fond de la mer... il s'y tapit, et l'eau forme un remous autour de lui... Pourtant son heure viendra... il fera chavirer la barque...

Sanine secoua la tête, et s'élançant hors de son fauteuil, arpenta deux fois la chambre, puis il s'assit à sa table à écrire, et ouvrant les tiroirs l'un après l'autre, il se mit à fouiller dans ses papiers, surtout parmi ses vieilles lettres de femmes.

Il ne savait pas lui-même pourquoi il remuait ces tiroirs, il ne cherchait rien, il voulait seulement, par une occupation quelconque, se délivrer des pensées qui le tourmentaient.

Après avoir au hasard ouvert quelques lettres, — dans l'une, il trouva une fleur séchée, retenue par une faveur dont la couleur était passée, — il haussa les épaules et, regardant le foyer, mit les lettres de côté avec l'intention évidente de brûler tôt ou tard toute cette paperasse inutile.

Passant à la hâte les mains dans tous les

tiroirs, il ouvrit tout à coup largement les yeux ; il sortit lentement un petit coffret octogonal, de forme ancienne, et lentement souleva le couvercle. Dans la boîte, sur une double couche d'ouate jaunie se trouvait une petite croix de grenat.

Il considéra quelques instants avec surprise cette croix, puis, tout à coup, il poussa un faible cri.

Ses traits exprimèrent du regret et de la joie.

C'était l'expression d'un homme qui rencontre subitement un ami, qu'il a longtemps perdu de vue, mais qu'il a tendrement aimé, et qui tout à coup lui apparaît, toujours le même, mais changé par l'âge.

Sanine se leva et, revenant à la cheminée, s'assit de nouveau dans le fauteuil, et pour la seconde fois se couvrit le visage de ses deux mains.

« Pourquoi cela arrive-t-il aujourd'hui ? » se demanda-t-il.

Et il se rappela des choses depuis longtemps passées.

Voici les souvenirs évoqués par Sanine.

1.

I

Pendant l'été de 1840, Sanine, qui venait d'atteindre sa vingt-deuxième année, se trouvait à Francfort, revenant d'Italie, pour retourner en Russie.

Il ne possédait pas une grande fortune, mais il était indépendant et presque sans famille.

A la mort d'un parent éloigné, il avait hérité de quelques milliers de roubles, et il se décida à les dépenser à l'étranger, avant de devenir un fonctionnaire, avant de s'atteler définitivement à ce service de l'Etat, sans lequel l'existence ne lui semblait pas possible.

Sanine exécuta si ponctuellement ce plan, que le jour où il arriva à Francfort, il ne lui restait que juste assez d'argent pour rentrer à

Saint-Pétersbourg. A cette époque, il y avait
encore peu de chemins de fer ; les touristes
voyageaient en diligence. Sanine prit son billet
pour le *beiwagen*, mais la voiture ne partait
qu'à quatre heures du soir. Il avait donc beaucoup de temps à perdre.

Par bonheur, il faisait très beau et Sanine,
après avoir dîné à l'hôtel du *Cygne Blanc*, célèbre à cette époque, se mit à flâner dans la
ville. Il alla voir l'Ariane, de Danneker, qui
ne lui plut pas beaucoup, et fit un pèlerinage à
la maison de Goëthe, dont il ne connaissait du
reste que le *Werther*, et encore dans une traduction française. Il fit une promenade sur
les bords du Mein et commença à s'ennuyer
un peu, comme il sied à un touriste qui se
respecte ; enfin, vers six heures du soir, fatigué, les bottines poudreuses, il se trouva dans
une des plus petites rues de Francfort.

Sur une des maisons espacées il aperçut
l'enseigne : « Confiserie italienne. Giovanni
Roselli. »

Sanine entra pour prendre un verre de limonade, mais dans la première boutique il ne
trouva personne. Derrière le modeste comp-

toir, sur les rayons d'une armoire vernie, étaient alignées, comme dans une pharmacie, des bouteilles portant des étiquettes dorées, et surtout des bocaux renfermant des biscuits, des pastilles de chocolat, du sucre candi, mais le magasin était vide ; seul un chat gris, sur une chaise haute, placée près de la fenêtre, clignait des yeux et ronronnait, remuant les pattes, teinté de rouge éclatant par le rayon oblique du soleil couchant ; sur le plancher un grand peloton de soie écarlate avait roulé à côté du panier de bois sculpté qui était renversé.

Un bruit confus venait de la pièce voisine.

Sanine resta immobile, tant que tinta la sonnette de la porte d'entrée, puis haussant la voix, il cria :

— Il n'y a personne ?

Au même instant la porte de la pièce voisine s'ouvrit, et Sanine resta frappé d'admiration...

II

Une jeune fille de dix-neuf ans, avec ses cheveux bruns déroulés sur ses épaules nues, et les bras tendus en avant, s'élança dans la confiserie; ayant aperçu Sanine, elle courut à lui, le saisit par la main et l'entraîna, criant d'une voix haletante :

— Venez vite, par ici, venez à son secours !

Le saisissement de Sanine ne lui permit pas de répondre aussitôt à cet appel, il resta cloué à la même place.

Il n'avait jamais vu une telle beauté.

La jeune fille se tourna de nouveau vers lui et lui dit :

— Mais venez donc, venez !

Sa voix, son regard, et le geste de sa main

crispée qu'elle portait convulsivement à ses
joues pâles, exprimaient un désespoir si intense, que Sanine la suivit précipitamment
par la porte restée ouverte derrière elle.

Dans la chambre où il pénétra à la suite de
la jeune fille, il vit, étendu sur un divan de
crin de forme ancienne, un garçon de quatorze ans. Sa ressemblance avec la jeune fille
frappait; évidemment, c'était son frère.

Il était tout blanc avec des reflets jaunes,
couleur de cire ou de marbre antique. Les
yeux étaient fermés; l'ombre de ses cheveux
touffus et noirs faisait tache sur son front
pétrifié et sur ses fins sourcils immobiles;
entre les lèvres bleuies, on apercevait les dents
serrées.

La respiration semblait interrompue; un
des bras pendait sur le plancher, l'autre était
rejeté derrière la tête.

L'enfant était tout habillé et boutonné jusqu'au menton, sa cravate étroite lui serrait le
cou.

La jeune fille courut vers lui avec des san-
glots.

— Il est mort, il est mort ! cria-t-elle. — Il y

a un instant, il était assis ici, causant avec
moi, — lorsque tout à coup il est tombé et,
depuis, il n'a plus fait un mouvement... Mon
Dieu ! Ne pouvez-vous pas le sauver ? Et maman qui n'est pas à la maison ?

Puis vivement, elle cria en italien :

— Eh bien, Pantaleone, le médecin... As-tu
ramené le médecin ?

— Signora, j'ai envoyé Louise chez le médecin, répondit une voix enrouée derrière la
porte.

Un petit vieux en frac lilas orné de boutons
noirs, le col enfermé dans une haute cravate
blanche, avec une culotte de nankin, et des
bas de laine bleus, entra dans la chambre en
boitant à cause de ses pieds ankylosés.

Son petit visage disparaissait complètement
sous une forêt de cheveux gris, couleur de fer.
Cette chevelure en broussailles, qui se hérissait par touffes et retombait dans toutes les
directions, donnait au vieillard l'air d'une
poule huppée ; la ressemblance était rendue
plus complète par le fait qu'on ne pouvait distinguer sous cette sombre masse grise qu'un
nez pointu et des yeux jaunes, tout ronds.

— Louise arrivera plus vite, moi je ne peux pas courir, continua le vieillard en italien.

Il soulevait l'un après l'autre ses pieds endoloris de goutteux, chaussés de souliers hauts attachés par des rubans.

— J'ai apporté de l'eau, ajouta-t-il.

Et de ses doigts secs et noueux il serrait le long goulot de la bouteille.

— Mais en attendant le médecin, Emile peut mourir, cria la jeune fille, et elle étendit la main du côté de Sanine.

— Oh! Monsieur, oh! *mein Herr!* vous ferez quelque chose pour nous venir en aide!

— Il faut le saigner — c'est une attaque d'apoplexie, dit Pantaleone.

Bien que Sanine ne possédât aucune connaissance médicale, il savait pertinemment que des garçons de quatorze ans ne peuvent pas avoir des attaques d'apoplexie.

— C'est un évanouissement, ce n'est pas une attaque d'apoplexie, dit-il à Pantaleone. Avez-vous des brosses? ajouta-t-il.

'Le vieux releva son minois ratatiné.

— Qu'est-ce que vous demandez?

— Des brosses, des brosses, répéta Sanine
en allemand et en français.

— Des brosses, ajouta-t-il en faisant le geste
de brosser son habit.

Le vieillard comprit enfin.

— Ah! des brosses, *Spazzette !* Pour sûr nous
avons des brosses !

— Eh bien, donnez-les-moi vite, nous dé-
shabillerons l'enfant et nous le frictionne-
rons.

— Bien... *Benone!* Et de l'eau sur la tête?
Vous ne trouvez pas nécessaire de lui verser
de l'eau sur la tête?

— Non... Nous verrons plus tard... Allez
vite prendre des brosses.

Pantaléone posa la bouteille à terre, trottina
hors de la chambre et revint peu après muni
d'une brosse à habits et d'une brosse à cheveux.

Un caniche à poils frisés entra en agitant vivement sa queue, et regarda plein de curiosité le vieux, la jeune fille et même Sanine, de
l'air de quelqu'un qui se demande ce que signifie tout ce remue-ménage.

Sanine, d'un tour de main, eut déboutonné

2

la jaquette du jeune garçon, ouvert le col de la
chemise et retroussé les manches, puis saisissant une brosse, il se mit à frictionner de
toutes ses forces la poitrine et les mains.

Pantaleone s'empressa avec non moins de
zèle à frictionner les bottes et le pantalon de
l'enfant, tandis que la jeune fille, à genoux,
près du divan, prenait entre ses mains la tête
du malade, et sans remuer une paupière cou-
vait du regard le visage de son frère.

Sanine frictionnait sans relâche, mais du
coin de l'œil observait la jeune fille.

— Dieu ! qu'elle est belle ! pensait-il.

III

Le nez de la jeune fille était un peu grand,
mais d'une belle forme aquiline; un léger du-
vet ombrait imperceptiblement sa lèvre supérieure; son teint était uni et mat — un ton
d'ivoire ou d'écume blanche; — les cheveux
étaient onduleux et brillants comme ceux
de la Judith d'Allori au palais Pitti, — les
yeux surtout étaient remarquables, d'un gris
sombre, l'iris encadré d'un liseré noir — des
yeux splendides, triomphants, même à cette
heure où l'effroi et la douleur en assombris·
saient l'éclat.

Sanine songea involontairement au beau
pays d'où il revenait.

Cependant, même en Italie, il n'avait pas rencontré une telle beauté!

La jeune fille respirait à de longs intervalles inégaux; elle retenait son souffle et semblait attendre chaque fois pour voir si son frère ne commençait pas à respirer.

Sanine continuait à frictionner le malade, sans pouvoir s'empêcher d'observer aussi Pantaleone dont la figure originale appelait son attention.

Le vieillard était épuisé de fatigue et haletait; à chaque coup de brosse il laissait échapper une plainte, pendant que les longues touffes de ses cheveux trempés de sueur se balançaient lourdement en tous sens, comme les tiges d'une grande plante mouillée par la pluie.

— Retirez-lui au moins ses bottes, allait dire Sanine à Pantaleone, lorsque le chien, évidemment surexcité par la nouveauté de cette scène, se dressa tout à coup sur ses pattes de derrière et se mit à aboyer.

— Tartaglia — *Canaglia!* lui cria le vieillard.

Au même instant le visage de la jeune fille

se transforma, ses sourcils s'arquèrent, ses yeux devinrent encore plus grands et la joie éclata dans son regard.

Sanine examina le malade et distingua sur le visage une légère coloration, les paupières remuèrent... les narines se dilatèrent. L'enfant aspira de l'air entre ses dents toujours serrées et soupira...

— *Emilio*, cria la jeune fille... *Emilio mio.*

Les grands yeux noirs de l'enfant s'ouvrirent lentement. Ils regardaient encore confusément mais commençaient à sourire faiblement. Le même sourire languissant joua sur ses lèvres pâles, puis il remua son bras pendant, et d'un seul mouvement le ramena sur sa poitrine.

— Emilio, répéta la jeune fille en se levant.

Son visage exprimait un sentiment si intense, qu'il semblait à tout instant qu'elle allait fondre en larmes ou éclater d'un rire fou.

— Emilio! Qu'est-ce qu'il a? Emilio! cria une voix derrière la porte.

Dans la chambre entra à pas précipités une dame proprement vêtue, au visage brun entouré de cheveux d'un blanc d'argent. Un

2.

homme d'âge mûr la suivait, et la servante avançait la tête par-dessus son épaule.

La jeune fille courut à leur rencontre.

— Il est sauvé, maman, il vit! dit-elle en embrassant convulsivement la dame qui venait d'entrer...

— Mais qu'est-il arrivé, dit la nouvelle venue... Je rentrais... lorsque près de la maison j'ai rencontré le médecin et Louise.

Pendant que la jeune fille racontait à sa mère tout ce qui s'était passé, le médecin s'approcha du malade qui revenait à lui de plus en plus complètement, et qui souriait toujours. Il paraissait commencer à se sentir honteux de toute la peine qu'il avait donnée à tout le monde.

— Comme je vois, vous l'avez frictionné avec des brosses, dit le médecin en s'adressant à Sanine et à Pantaleone... Vous avez très bien fait... C'était une excellente idée... Maintenant nous allons voir ce que nous pouvons encore lui administrer...

Il tâta le pouls du jeune homme.

— Hum! montrez-moi votre langue!

La mère se pencha soucieuse sur le malade ;

l'enfant sourit franchement, fixa ses yeux sur
elle et rougit...

Sanine jugea que sa présence était devenue
superflue et voulut se retirer, mais avant qu'il
eût sa main sur le bouton de la porte d'entrée,
la jeune fille se trouva de nouveau devant lui
et l'arrêta :

— Vous nous quittez, dit-elle, je ne vous
retiens pas, mais vous viendrez nous voir ce
soir, n'est-ce pas?... Nous vous devons tant
d'obligations... Vous avez probablement sauvé
mon frère de la mort... Nous voulons pouvoir
vous remercier... Maman tient à vous exprimer elle-même sa reconnaissance... Il faut
nous dire votre nom... Vous devez venir par-
tager notre joie...

— Mais... c'est que je pars ce soir pour
Berlin, objecta Sanine.

— Vous avez tout le temps de partir, répéta
vivement la jeune fille.

— Venez dans une heure prendre avec nous
une tasse de chocolat, ajouta-t-elle. Vous me
le promettez?... Je dois vite retourner auprès
du malade... Nous comptons sur vous !

Que pouvait faire Sanine?

— Je viendrai ! répondit-il.

La belle jeune fille lui serra vivement la main et courut rejoindre son frère.

Sanine se retrouva dans la rue.

IV

Lorsque Sanine, une heure et demie plus tard, revint à la confiserie Roselli, il fut reçu comme un parent.

Émilio était assis sur le divan où il avait été frictionné le matin; le médecin lui avait ordonné une potion et recommandait « beaucoup de prudence dans les impressions, car le sujet est nerveux avec une propension aux maladies de cœur. »

Emilio avait déjà eu des évanouissements, mais jamais la crise n'avait été si longue ni si forte. Pourtant le médecin assurait que tout danger avait disparu.

Emilio était habillé, comme il convient à un convalescent, d'une ample robe de chambre;

sa mère lui avait entouré le cou d'un fichu de laine bleue. Le malade était gai, il avait presque un air de fête ; et tout autour de lui était à la joie.

Devant le sofa, sur une table ronde, recouverte d'une nappe blanche, se dressait une énorme chocolatière de porcelaine, remplie de chocolat odorant, et tout autour des tasses, des verres de sirop, des gâteaux, des petits pains et jusqu'à des fleurs. Six bougies de cire brûlaient dans deux candélabres de vieil argent ; à côté du divan se trouvait un moelleux fauteuil voltaire, et c'est là qu'on invita Sanine à prendre place.

Toutes les personnes de la confiserie dont Sanine avait fait la connaissance dans la journée étaient réunies autour du malade, sans en excepter le chien Tartaglia ni le chat ; tous semblaient être fort heureux ; le caniche reniflait de plaisir, seul le chat continuait à minauder et à cligner des yeux.

Sanine fut obligé de décliner son nom, de dire d'où il venait, de parler de sa famille. Quand il avoua qu'il était Russe, les deux femmes furent un peu étonnées et laissèrent

échapper un : « Ah ! » tout en déclarant qu'il
parlait très bien l'allemand, mais elles l'invi-
tèrent à continuer la conversation en français
si cela lui était plus agréable, car toutes deux
comprenaient cette langue et la parlaient.

Sanine s'empressa de profiter de cette aimable proposition.

« Sanine ! Sanine ! » La mère et la fille n'au-
raient jamais cru qu'un Russe pût porter un
nom aussi facile à prononcer. Le petit nom de
Sanine, Dmitri, leur plut de même beaucoup.

La mère de Gemma s'empressa de remarquer que dans sa jeunesse elle avait vu un
opéra : « Demetrio et Polibio », mais que
« Dmitri » sonnait infiniment mieux que
« Demetrio ».

Sanine passa aussi une heure en conversation avec les deux Italiennes, qui, de leur
côté, l'initièrent à tous les événements de leur
vie.

La mère tenait généralement la parole. Sanine apprit d'elle son nom, Leonora Roselli.
Elle était veuve de Giovanni Battista Roselli,
qui était venu vingt-cinq ans auparavant à

Francfort en qualité de confiseur. Giovanni
Battista était de Vicenza ; c'était un excellent
homme bien qu'un peu emporté et orgueilleux,
et par-dessus tout cela, républicain !

En prononçant ces mots, madame Roselli
désigna un portrait à l'huile placé au-dessus
du divan.

— Il faut croire que le peintre, — « un républicain aussi ! » ajouta madame Roselli en sou-
pirant, — n'avait pas su saisir parfaitement la
ressemblance, car sur son portrait, Giovanni
Battista apparaissait sous les traits d'un sinistre
et féroce brigand, comme un Rinaldo Rinal-
dini !

Madame Roselli elle-même était née dans
la belle et antique cité de Parme, où se trouve
cette divine coupole peinte par l'immortel
Corrège. Une partie de sa vie pourtant avait
été passée en Allemagne, et elle s'était presque
germanisée.

Elle ajouta, en branlant tristement la tête,
qu'il ne lui restait plus que *cette* fille et *ce* fils,
et du doigt elle les montrait tour à tour, puis
elle dit que sa fille s'appelait Gemma et son
fils Emilio, et que tous les deux étaient d'ex-

cellents enfants, obéissants, surtout Emilio...

— Et moi, je ne suis pas obéissante? interrompit Gemma.

— Oh! toi aussi tu es républicaine! répondit la mère.

Madame Roselli déclara pour conclure qu'assurément elle gagnait de quoi vivre, mais que les affaires allaient beaucoup moins bien que du temps de son mari, qui était un grand artiste en fait de confiserie.

— *Un grand'uomo!* affirma Pantaleone d'un air grave.

V

Gemma, tout en écoutant sa mère, tantôt riait, soupirait, caressait l'épaule de la vieille dame, la menaçait du doigt, puis la regardait. Enfin, elle se leva, prit sa mère dans ses bras et la baisa sur la nuque à la naissance des cheveux, ce qui fit rire beaucoup la bonne dame tout en poussant de petits cris effarouchés.

Pantaleone, à son tour, fut présenté au jeune Russe.

Pantaleone avait été autrefois un baryton d'opéra, mais il avait depuis longtemps terminé sa carrière artistique et occupait dans la famille Roselli une place intermédiaire qui tenait de l'ami de la maison et du domestique.

Bien qu'il fût depuis un grand nombre d'années en Allemagne, il n'avait appris qu'à jurer
en allemand et cela en italianisant impitoyablement ses jurons.

— *Ferroflucto spitcheboubio!* (maudite ca-
naille), disait-il de presque tous les Allemands.

En revanche, il parlait l'italien en perfection,
car il était originaire de Sinigaglia, oùl'on peut
entendre la *lingua toscana in bocca romana.*

Emilio faisait le paresseux et s'abandonnait
aux agréables sensations d'un convalescent
qui vient d'échapper à un grand danger. Du
reste il était facile de voir qu'il avait l'habitude
d'être gâté tant et plus par tous les siens.

Il remercia Sanine, d'un air confus, mais
son attention se concentrait sur les sirops ou
les bonbons.

Sanine fut obligé de prendre deux grandes
tasses d'excellent chocolat et d'absorber une
quantité fabuleuse de biscuits ; à peine venait-
il d'en grignoter un, que déjà Gemma lui en
offrait un autre, — et comment aurait-il pu
refuser ?

Au bout de quelques instants Sanine se sentit dans cette famille comme chez lui ; le temps s'envolait avec une rapidité incroyable.

Sanine parla beaucoup de la Russie, de son climat, de la société russe, du moujik, et surtout des cosaques, de la guerre de 1812, de Pierre-le-Grand, des chansons et des cloches russes.

Les deux femmes avaient une notion très vague du pays où Sanine était né, et Sanine fut stupéfait lorsque madame Roselli, ou, comme on l'appelait plus souvent, Frau Lénore, lui posa cette question :

— Le palais de glace qui avait été élevé à Saint-Pétersbourg au siècle dernier, et dont j'ai lu dernièrement la description dans un livre intitulé : *Bellezze delle arti*, existe-t-il encore ?

— Mais croyez-vous donc qu'il n'y a jamais d'été en Russie ? s'écria Sanine.

Et alors madame Roselli avoua qu'elle se représentait la Russie comme une plaine toujours couverte de neiges éternelles, et habitée par des hommes vêtus toute l'année de fourrures et qui sont tous militaires : — il est vrai, ajouta-t-elle, que c'est le pays le plus hospitalier de la terre, et le seul où les paysans sont obéissants.

Sanine s'efforça de lui donner, ainsi qu'à sa fille, des notions plus exactes sur la Russie. Lorsqu'il en vint à parler de musique, madame Roselli et sa fille le prièrent de leur chanter un air russe, et lui montrèrent un minuscule piano, dont les touches en relief étaient blanches et les touches plates noires. Sanine obéit sans faire de façons, et s'accompagnant de deux doigts de la main droite et de trois doigts de la main gauche (le pouce, le doigt du milieu et le petit doigt), il se mit à chanter, d'une voix de ténor un peu nasale, le *Saraphan*, puis *Sur la rue, sur le pavé.*

Ses auditrices louèrent fort sa voix et sa musique, mais s'extasièrent surtout sur la douceur et la sonorité de la langue russe, et le prièrent de leur traduire les paroles. Comme ces deux chansons ne pouvaient donner une très haute idée de la poésie russe, Sanine préféra déclamer la romance de Pouchkine : *Je me rappelle un instant divin,* qu'il traduisit et chanta. La musique était de Glinka.

L'enthousiasme de madame Roselli et de sa

3.

fille ne connut plus de bornes. Frau Lénore
découvrit une ressemblance étonnante entre
le russe et l'italien. Elle trouva même que les
noms de Pouchkine (elle prononçait *Pousse-
kine*) et de Glinka sonnaient comme de l'italien.

Sanine à son tour obligea la mère et la fille
à lui chanter quelque chose : elles ne se firent
pas prier. Frau Lénore se mit au piano et
chanta avec Gemma quelques *duettini* et *stor-
nelli*. La mère avait dû avoir dans le temps un
bon contralto ; la voix de la jeune fille était un
peu faible, mais agréable.

VI

C'était Gemma et non sa voix que Sanine admirait.

Il était assis un peu en arrière et de côté, et pensait qu'un palmier ne pourait pas rivaliser avec l'élégante sveltesse de la taille de la jeune Italienne, et lorsqu'elle levait les yeux dans les passages expressifs, il semblait au jeune homme que devant ce regard le ciel devait s'ouvrir.

Le vieux Pantaleone lui-même, qui écoutait gravement, d'un air de connaisseur, une épaule appuyée au battant de la porte, le menton et la bouche enfouis dans son ample cravate, subissait le charme de ce beau visage, bien qu'il le vît tous les jours.

Le *duettino* terminé, Frau Lénore dit qu'E-
milio possédait une très belle voix — un timbre d'argent, mais qu'il était à l'âge où la voix
change et qu'il lui était défendu de chanter.
C'était à Pantaleone de se ressouvenir, en
l'honneur de leur hôte, des airs qu'il chantait
si bien autrefois.

Pantaleone fit la mine, se renfrogna, ébou-
riffa ses cheveux et déclara que depuis des
années il avait abandonné le chant, bien qu'il
fût un temps où il pouvait être fier de son
talent. Il ajouta qu'il appartenait à cette grande
époque où il y avait encore de vrais chanteurs
classiques — qu'on ne saurait comparer aux
glapisseurs de nos jours. Alors il y avait vraiment ce qu'on est en droit d'appeler une école
de chant, et quant à lui, Pantaleone Cippatola
de Varèse, ne lui avait-on pas jeté à Modène
une couronne de lauriers et n'avait-on pas
lâché en son honneur des pigeons blancs sur
la scène ? Enfin, un certain prince Tarbousski
— *il principe* Tarbusski — avec lequel il était
intimement lié, ne le tourmentait-il pas chaque soir pour l'engager à faire une tournée en
Russie, où il lui promettait des montagnes

d'or, des montagnes d'or !... Mais Pantaleone était bien décidé à ne pas quitter l'Italie, le pays de Dante, *il paese del Dante !...*

Ensuite vinrent les malheurs, il avait été imprudent...

Ici le vieillard s'interrompit, poussa deux profonds soupirs, baissa les yeux püis se remit à parler de l'époque classique du chant, et en particulier du célèbre ténor Garcia, pour lequel il nourrissait une admiration sans bornes.

— Voilà un homme ! s'écria-t-il. Jamais le grand Garcia — « *il gran Garcia* » — n'a condescendu à chanter comme les petits ténors — *tenoracci* — d'aujourd'hui, en fausset ; toujours avec la voix de poitrine, *voce di petto, si !*

Le vieillard de son poing frappa violemment son jabot.

— Et quel acteur ! Un volcan, *Signori miei,* un volcan, *un Vesuvio !* J'ai eu l'honneur de jouer avec lui dans l'opéra de l'illustrissimo maestra Rossini — dans *Othello.* Garcia était Othello, je jouais Jago. — Et quand il prononçait cette phrase :

Pantaleone prit l'attitude d'un chanteur et

d'une voix tremblotante, enrouée, mais toujours pathétique lança :

L'i-ra daver... so daver... so il fato.

Io piu no... no... no... non temero.

— ... Le théâtre tremblait, Signor! miei ! Et
moi je ne restais pas en arrière, et je répétais
après lui :

L'i...ra daver... so daver... so il fato

Temèr piu non dovro !

... Et lui, tout à coup, comme un éclair,
comme un tigre : *Morro!... ma vendicato.*

... Ou quand il chantait... quand il chantait
l'air célèbre de « *Matrimonio segreto* » *Pria
che spunti...* Alors *il gran Garcia*, après ces
mots : *I cavalli di galoppo*, il faisait, écoutez
bien, vous verrez comme c'est merveilleux,
com'è stupendo !...

Le vieillard commença une floriture très
compliquée — mais à la dixième note il s'arrêta, toussa et avec un geste de désespoir
dit :

— Pourquoi me- tourmentez-vous de la
sorte?

Gemma battit des mains de toutes ses forces
et cria : bravo ! bravo ! puis courut vers le

pauvre « Jago » et des deux mains lui donna
des tapes amicales sur l'épaule.

Seul Emilio riait sans se gêner. Cet âge est
sans pitié, La Fontaine l'a déjà dit.

Sanine s'efforça de consoler le vieux chanteur en lui parlant dans sa langue. Au cours
de son dernier voyage il avait pris une teinture
d'italien ; il se mit à parler du *paese del Dante
dove il si suona :* cette phrase et ce vers célèbre « *Lasciate ogni speranza* » formaient
tout le bagage poétique italien du jeune touriste.

Mais Pantaleone ne se laissa pas réconforter
par ces attentions. Il enfonça encore plus profondément son menton dans sa cravate et rou-
lant des yeux furieux ressembla plus que jamais à un oiseau hérissé, mais cette fois à un
méchant oiseau, un corbeau ou un milan
royal...

Alors Emilio, qui rougissait pour rien et à
tout propos, comme il arrive aux enfants
gâtés, dit à sa sœur que si elle voulait amuser
leur hôte, elle ne pouvait mieux faire que de
lui lire une des comédies de Malz, qu'elle lisait si bien.

Gemma éclata de rire, donna une petite
tape sur la main de son frère et lui dit qu'il
avait toujours « de drôles d'idées ! » Pourtant
elle s'empressa d'aller dans sa chambre et revint tout de suite avec un petit livre à la main.
Elle s'assit à la table devant la lampe, regarda
autour d'elle, leva le doigt « taisez-vous messieurs » — geste très italien — et se mit à
lire à haute voix.

VII

Malz était un écrivain local qui avait su peindre des types de Francfort avec un humour amusant, vif, bien que peu profond, dans de petites comédies légèrement esquissées, écrites en patois.

En effet, Gemma lisait fort bien, en vraie comédienne. Elle nuançait chaque rôle et savait à merveille soutenir le caractère des personnages ; elle avait hérité avec le sang italien la mimique expressive de ce peuple. Elle n'épargnait ni sa voix douce, ni la plasticité de son visage ; quand elle devait représenter une vieille folle ou un bourgmestre imbécile, elle faisait les grimaces les plus grotesques,

4

bridait ses yeux, retroussait ses narines, prenait une voix glapissante, grasseyait...

Elle ne riait pas en lisant, mais quand ses auditeurs — à l'exception de Pantaleone, qui était sorti de la chambre dès qu'il avait été question de lire l'œuvre *d'o quel ferroflucto Tedesco* — l'interrompaient par une explosion de rire, elle laissait glisser le livre sur ses genoux, et la tête rejetée en arrière se livrait à des éclats de rire sonores qui secouaient les anneaux moelleux de ses boucles sur son cou et ses épaules.

Dès que l'hilarité de son auditoire s'était calmée, elle reprenait son livre, et redevenue sérieuse recommençait sa lecture.

Sanine ne pouvait se rassasier d'admirer la lectrice, se demandant comment ce visage si idéalement beau pouvait sans transition prendre une expression si comique et parfois presque triviale.

Gemma réussissait beaucoup moins bien à rendre les rôles de jeunes filles, les « jeunes premières », et surtout elle manquait les scènes d'amour ; elle-même sentait son insuffisance et leur donnait une légère teinte de moquerie, comme si elle ne croyait pas à tous ces serments enthousiastes, à toutes ces paroles enflammées, dont l'auteur, du reste, s'abstenait le plus possible.

La soirée passa si vite, que Sanine ne se souvint qu'il devait partir ce soir-là que lorsque la pendule sonna dix heures.

Il bondit de sa chaise comme si un serpent l'eût piqué.

— Qu'avez-vous? demanda Frau Lénore.

— Mais je dois partir ce soir pour Berlin, j'ai déjà retenu une place dans la diligence.

— Et quand part la diligence?

— A dix heures et demie.

— Alors vous arriverez trop tard, dit Gemma... Restez encore un peu... je continuerai ma lecture...

— Avez-vous payé la place entière ou seulement donné des arrhes ? demanda Frau Lénore.

— J'ai payé la place entière ! répondit Sanine avec une grimace douloureuse.

Gemma le regarda en clignant des yeux, et partit d'un éclat de rire. Sa mère la gronda.

— Comment, ce jeune homme a dépensé de

4.

l'argent pour rien, et toi, cela te fait rire ?

— Ce n'est pas une affaire ! répondit Gemma.
Cette dépense ne ruinera pas monsieur Sanine... et nous tâcherons de le consoler... Voulez-vous de la limonade ?

Sanine but un verre de limonade. Gemma
reprit sa lecture et la gaieté générale fut réta-
blie.

Quand la pendule sonna minuit, Sanine se
leva pour se retirer.

— Maintenant, il vous faut rester encore
quelques jours à Francfort, dit Gemma... A
quoi bon vous dépêcher de partir ?... Vous
vous amuserez tout autant ici qu'ailleurs.

Elle se tut.

— Je vous assure, vous ne vous amuserez
pas davantage ailleurs ! ajouta-t-elle en sou-
riant.

Sanine ne répondit rien, mais il réfléchit
que son porte-monnaie étant vide, il était
obligé de rester à Francfort en attendant la réponse d'un ami de Berlin, à qui il pensait pouvoir emprunter quelque argent.

— Restez encore quelque temps avec nous,
restez, dit à son tour Frau Lénore, vous ferez

la connaissance de M. Charles Kluber, le fiancé
de Gemma. Il n'a pas pu venir ce soir parce
qu'il avait beaucoup à faire dans son magasin... Vous avez sans doute remarqué sur la
Zeile, le plus grand magasin de draps et de
soieries... M. Kluber est le premier commis...
Il sera très heureux de vous être présenté.

Sanine ne comprit pas lui-même pourquoi
cette nouvelle l'abasourdit.

— L'heureux fiancé! pensa-t-il.

Il regarda Gemma et il crut discerner dans
les yeux de la jeune fille une expression
moqueuse.

Il prit congé de madame Roselli et de sa
fille.

— A demain, n'est-ce pas? vous reviendrez
demain?... demanda Frau Lénore.

— A demain! répéta Gemma d'un ton affir-
matif, comme si cela allait sans dire.

— A demain! répondit Sanine.

Emilio, Pantaleone et le caniche Tartaglia
lui firent conduite jusqu'au coin de la rue.
Pantaleone ne put se retenir d'exprimer le
déplaisir que lui causait la lecture de Gemma.

— Comment n'a-t-elle pas honte! Elle se

4.

tord, elle crie — *una caricatura*. Elle devrait représenter Mérope, Clytemnestre, un personnage tragique et grand... mais elle aime mieux singer une vilaine Allemande ! Tout le monde peut en faire autant :... *Mertz, Kertz, spertz,* cria-t-il de sa voix enrouée en poussant le menton en avant et en écarquillant les doigts.

Tartaglia aboya contre lui, tandis qu'Emilio riait...

Le vieillard fit brusquement volte-face et rebroussa chemin.

Sanine rentra à l'Hôtel du Cygne Blanc, dans un état d'esprit passablement troublé.

Toute cette conversation italo-franco-allemande bourdonnait encore à son oreille.

— Fiancée ! se dit-il, lorsqu'il fut couché dans sa modeste chambre d'hôtel. — Quelle belle jeune fille !... Mais pourquoi ne suis-je pas parti ?

Pourtant le lendemain il expédia une lettre à son ami de Berlin.

VIII

Avant que Sanine eut achevé sa toilette, le garçon de l'hôtel vint lui annoncer la visite de deux messieurs.

L'un était Emilio, l'autre un jeune homme grand et fort présentable, avec une tête tirée à quatre épingles; c'était Herr Karl Kluber, le fiancé de la belle Gemma.

Il est avéré qu'à cette époque on n'aurait pas trouvé dans tout Francfort un premier commis plus poli, plus comme il faut, plus sérieux ni plus avenant que M. Kluber.

Sa toilette irréprochable était en harmonie avec sa prestance et la grâce de ses manières, un peu réservées et froides, il est vrai, un genre britannique, contracté pendant un séjour de

deux ans en Angleterre, et en somme d'une
élégance séduisante.

De prime abord il sautait aux yeux que ce
beau jeune homme, un peu grave, mais très
bien élevé et encore mieux lavé, était habitué
à obéir aux ordres d'un supérieur et à commander à des inférieurs, et que derrière le
comptoir de son magasin, il devait fatalement
inspirer du respect aux clients.

Sa probité scrupuleuse ne pouvait pas être
mise en doute ; il suffisait pour s'en convaincre
d'un coup d'œil sur ses manchettes impec-
cablement empesées ! Sa voix d'ailleurs était
en harmonie avec tout son être : une voix de
basse assurée et moelleuse, mais pas trop élevée
et même avec des inflexions caressantes dans
le timbre. C'est bien la voix qui convient pour
donner des ordres à des subordonnés :
— « Montrez à Madame le velours de Lyon
ponceau ». — « Donnez une chaise à Madame !... »

M. Kluber commença par se présenter à
Sanine selon toutes les règles ; il inclina sa
taille avec tant de noblesse, rapprocha si élé-
gamment les jambes et serra les talons l'un

contre l'autre avec une politesse si exquise,
qu'il était impossible de ne pas s'écrier mentalement : « Oh ! ce jeune homme a du linge
et des qualités d'âme de premier ordre ! »

Le fini de sa main droite dégantée, — de
sa main gauche couverte d'un gant de suède,
il tenait son chapeau lissé comme un miroir
et au fond duquel s'étalait l'autre gant ; — le
fini de sa main droite qu'il tendit à Sanine
avec modestie mais fermement était au-dessus
de tout éloge : chaque ongle était à lui seul
une œuvre d'art.

Ensuite, M. Kluber expliqua, dans un allemand choisi, qu'il était venu présenter ses
hommages et exprimer sa reconnaissance au
monsieur étranger qui avait rendu un service
si important à son futur parent, au frère de sa
fiancée ; en disant ces mots il étendit sa main
gauche vers Emilio, qui rougit, de honte sem-
blait-il, se détourna dans la direction de la
fenêtre et mit un doigt dans sa bouche.

M. Kluber ajouta qu'il serait heureux s'il
pouvait être agréable à monsieur l'Étranger.

Sanine répondit non sans quelque difficulté,

en allemand, qu'il était très heureux... que le service rendu était insignifiant... et il invita ses hôtes à s'asseoir.

Herr Kluber remercia — et rejetant vivement les pans de son habit, se posa sur une chaise, mais il s'asseyait si légèrement, si peu confortablement, qu'on comprenait aussitôt qu'il s'était assis par politesse, mais qu'il se lèverait dans une minute.

En effet, au bout de quelques secondes il se leva, fit modestement deux pas en arrière, comme dans une contredanse, et déclara qu'à son vif regret il ne pouvait prolonger sa visite, car c'était l'heure d'entrer au magasin... les affaires avant tout! Cependant, le lendemain étant un dimanche, il avait organisé, avec l'assentiment de Frau Lénore et de Fraülein Gemma, une promenade à Soden, et il avait l'honneur d'inviter monsieur l'Étranger à se joindre à eux ; il espérait que M. Sanine ne refuserait pas d'*orner* cette partie de plaisir de sa présence.

Sanine, en effet, consentit à *orner* de sa présence cette partie de plaisir — et M. Kluber, après avoir fait pour la seconde fois un salut

dans toutes les règles, se retira gracieusement
avec son pantalon couleur de pois tendres et
en faisant résonner agréablement les semelles
de ses bottes neuves...

IX

Emilio, sans tenir compte de l'invitation de Sanine, qui le priait de s'asseoir, était resté tout le temps le visage tourné vers la fenêtre, mais dès que son futur beau-frère fut parti, il pirouetta sur ses talons, en faisant des grimaces de gamin, et demanda en rougissant la permission de rester encore un moment.

— Je vais beaucoup mieux aujourd'hui, ajouta-t-il, seulement le médecin ne me permet pas encore de travailler.

— Restez avec moi, vous ne me gênez nullement, s'empressa de répondre Sanine, qui, en sa qualité de Russe, était enchanté d'avoir aussi un prétexte pour ne rien faire.

Emilio le remercia, et au bout de quelques minutes le jeune garçon se trouva dans l'ap-

partement de Sanine comme chez lui ; il examina tous les effets du voyageur et le questionna sur la provenance et la qualité de
chaque objet. Il aida Sanine à se raser, et
engagea le jeune Russe à laisser pousser ses
moustaches. Tout en bavardant, il confia à
son nouvel ami beaucoup de détails sur la vie
de sa mère, de sa sœur, de Pantaleone et
même du caniche Tartaglia, en un mot il décrivit toute leur manière de vivre.

Toute trace de timidité avait disparu de
chez Emilio, il ressentit une vive sympathie
pour Sanine, non parce que le jeune Russe
lui avait sauvé la vie la veille, mais parce
qu'il se sentait fortement attiré vers lui. Il
n'eut rien de plus pressé que de confier à son
nouvel ami ses secrets.

Il lui avoua que sa mère le destinait au
commerce, tandis qu'il *savait*, il le savait pertinemment, qu'il était né pour être artiste,
musicien, chanteur, qu'il avait une vocation
décidée pour le théâtre : la preuve en était que
Pantaleone l'engageait à suivre cette carrière.
Malheureusement M. Kluber était de l'avis de
sa mère, et il exerçait une grande influence

sur elle. C'est lui qui avait suggéré à Madame
Roselli l'idée de mettre son fils dans le commerce, parce que le premier commis ne voyait
rien de plus beau que le commerce. Vendre
du drap et du velours, tromper le client, lui
demander des « prix d'imbéciles », des « prix
de Russes » (1), voilà l'idéal de M. Kluber !

— Eh bien ! maintenant vous allez venir
chez nous ? s'écria l'enfant dès que Sanine eut
terminé sa toilette et écrit une lettre à Berlin.

— Il est encore trop tôt pour faire une visite,
objecta Sanine.

— Oh ! ça ne fait rien, s'écria Emilio d'un ton
caressant. Revenez avec moi. Nous passerons
à la poste et de là nous reviendrons chez nous !
Gemma sera si contente ! Vous déjeunerez avec
nous... Vous pourrez glisser un mot à maman
en faveur de moi... en faveur de ma carrière
artistique...

— Eh bien ! allons, dit Sanine.

Et ils sortirent ensemble de l'hôtel.

(1) Autrefois, et peut-être encore maintenant, au mois
de mai, dès que les seigneurs russes arrivaient à Francfort, tous les magasins élevaient leurs prix, qu'on appelait « prix de Russes » ou « prix d'imbéciles ».

X

Gemma, en effet, fut très contente de revoir
Sanine, et Frau Lénore le reçut très amicale-
ment ; il était évident qu'il avait produit la
veille une excellente impression sur toutes
deux. Emilio courut commander le déjeuner
après avoir encore une fois rappelé à Sanine
qu'il avait promis de plaider sa cause auprès
de sa mère.

— Je n'oublierai pas, soyez tranquille, dit
Sanine au jeune garçon.

Frau Lénore n'était pas tout à fait bien ; elle
souffrait de la migraine, et à demi-allongée
dans le fauteuil, elle s'efforçait de rester immobile.

Gemma portait une ample blouse jaune re-

tenue par une ceinture de cuir noir ; elle semblait aussi un peu lasse ; elle était légèrement
pâle, des cercles noirs entouraient ses yeux,
sans pourtant leur enlever leur éclat, et cette
pâleur ajoutait un charme mystérieux aux
traits classiquement sévères de la jeune Italienne.

Cette fois Sanine fut surtout frappé par la
beauté élégante des mains de la jeune fille.
Lorsqu'elle rajustait ou soulevait ses boucles
noires et brillantes, Sanine ne pouvait arracher ses regards de ces doigts souples, longs,
écartés l'un de l'autre comme ceux de la For-
narine de Raphaël.

Il faisait extrêmement chaud dehors ; après
le déjeûner Sanine voulut se retirer, mais ses
hôtes lui dirent que par une pareille chaleur
il valait beaucoup mieux ne pas bouger de sa
place ; et il resta.

Dans l'arrière-salon où il se tenait avec la
famille Roselli, régnait une agréable fraîcheur :
les fenêtres ouvraient sur un petit jardin
planté d'acacias. Des essaims d'abeilles, des
taons et des bourdons chantaient en chœur
avec ivresse dans les branches touffues des

arbres parsemées de fleurs d'or ; à travers les
volets à demi clos et les stores baissés, ce bour-
donnement incessant pénétrait dans la chambre
donnant l'impression de la chaleur répandue
dans l'air au dehors, et la fraîcheur de la
chambre fermée et confortable paraissait d'autant plus agréable...

Sanine causait beaucoup, comme la veille,
mais cette fois il ne parlait plus de la Russie
ni de la vie russe. Pour rendre service à son
jeune ami, qui tout de suite après le déjeuner
avait été envoyé chez M. Kluber pour être ini-
tié à la tenue des livres, Sanine amena la
conversation sur les avantages respectifs du
commerce et de l'art. Il ne fut pas étonné de
voir que Frau Lénore était pour le commerce,
il s'y attendait, mais il fut surpris de voir que
Gemma partageait l'opinion de sa mère.

— Pour être un artiste, et surtout un chanteur, déclara la jeune fille en faisant un geste
énergique de la main, il faut occuper le premier rang ; le second ne vaut rien ; et comment savoir si l'on est capable de tenir la
première place ?

Pantaleone prit part à la conversation et se

déclara partisan de l'art. Il est vrai que ses
arguments étaient assez faibles : il soutint qu'il
faut avant tout posséder *un certo estro d'espi-
razione* — un certain élan d'inspiration !

Frau Lénore fit la remarque que certainement Pantaleone avait dû posséder cet *estro*
et pourtant...

— C'est que j'ai eu des ennemis, répondit
lugubrement Pantaleone.

— Et comment peux-tu savoir (les Italiens
tutoient facilement) qu'Emilio n'aura pas
d'ennemis, lors même qu'il posséderait cet
estro ?

— Eh bien ! faites de lui un commerçant, dit
Pantaleone dépité, mais Giovan' Battista n'aurait pas agi de la sorte, bien qu'il fût confiseur
lui-même...

— Mon mari, Giovan' Battista, était un
homme raisonnable, et si dans sa jeunesse il a
cédé à des entraînements...

Mais Pantaleone ne voulut plus rien entendre
et sortit de la chambre en répétant sur un ton
de reproche : « Ah ! Giovan' Battista ! »

Gemma dit alors que si Emilio se sentait un
cœur de patriote, et s'il tenait à consacrer

toutes ses forces à la délivrance de l'Italie, on pourrait pour cette œuvre sacrée sacrifier un avenir assuré, mais pas pour le théâtre... »

A ces mots, Frau Lénore devint très inquiète et supplia sa fille de ne pas induire en erreur son jeune frère, mais de se contenter d'être elle-même, une affreuse républicaine !...

Après avoir prononcé ces paroles, Frau Lénore se mit à gémir et se plaignit de son mal de tête ; il lui semblait que son crâne allait éclater.

Gemma s'empressa de donner des soins à sa mère. Elle humecta le front de Madame Roselli d'eau de Cologne et souffla lentement dessus, puis elle lui baisa doucement les joues, posa la tête de Frau Lénore sur des coussins, lui défendit de parler et de nouveau l'embrassa. Alors, se tournant vers Sanine, d'une voix à demi émue, à demi badine, elle commença à faire l'éloge de sa mère.

— Si vous saviez comme elle est bonne et comme elle a été belle !... Que dis-je, elle l'a été, elle l'est encore maintenant... Regardez les yeux de maman !

Gemma sortit de sa poche un mouchoir

blanc, en couvrit le visage de sa mère, puis
abaissant lentement le rebord de haut en bas,
elle découvrit l'un après l'autre le front, les
sourcils et les yeux de Frau Lénore ; alors elle
pria sa mère d'ouvrir les yeux.

Frau Lénore obéit, et Gemma s'exclama
d'admiration.

Les yeux de Frau Lénore étaient en effet
fort beaux.

Gemma maintenant le mouchoir sur la partie
inférieure du visage, qui était moins régulière,
se mit de nouveau à couvrir sa mère de baisers.

Madame Roselli riait, détournait la tête et
feignait de vouloir repousser sa fille ; Gemma de
son côte faisait semblant de lutter avec sa mère,
non pas avec des câlineries de chatte, à la
manière française, mais avec cette grâce italienne qui laisse pressentir la force.

Enfin Frau Lénore se déclara fatiguée.
Gemma lui conseilla de faire la sieste dans ce
fauteuil, en promettant que le monsieur
russe et elle-même resteraient pendant ce
temps aussi tranquilles que de petites souris.

Frau Lénore répondit par un sourire, poussa

quelques soupirs et s'endormit. Gemma s'assit sur un tabouret près de sa mère et resta immobile ; de temps en temps d'une main elle portait un doigt sur ses lèvres, de l'autre elle soutenait l'oreiller derrière la tête de sa mère, et chuchotait d'une voix insaisissable, regardant de travers Sanine, chaque fois qu'il s'avisait de faire un mouvement quelconque.

Bientôt Sanine resta immobile à son tour, comme hypnotisé, admirant de toutes les forces de son âme le tableau que formaient cette chambre à demi-obscure où par-ci par-là rougissaient en points éclatants des roses fraîches et somptueuses qui trempaient dans des coupes antiques de couleur verte, et cette femme endormie avec les mains chastement repliées, son bon visage encadré par la blancheur neigeuse de l'oreiller et enfin ce jeune être tout entier à sa sollicitude, aussi bon, aussi pur et d'une beauté inénarrable avec des yeux noirs, profonds, remplis d'ombre, et quand même lumineux...

Sanine se demandait où il était ? Etait-ce un rêve ? Un conte ? Comment se trouvait-il là ?

XI

La sonnette de la porte d'entrée tinta. Un jeune paysan en bonnet de fourrure, avec un gilet rouge, entra dans la confiserie. C'était lo premier client de la journée.

Frau Lénore dormait toujours, et Gemma craignit de la réveiller en retirant son bras.

— Voulez-vous recevoir le client à ma place? demanda-t-elle à voix basse au jeune Russe.

Sanine sortit aussitôt de la chambre sur la pointe des pieds et entra dans la confiserie.

Le paysan voulait un quart de pastilles de menthe.

— Combien dois-je lui demander? dit Sanine à voix basse à travers la porte.

— Six kreutzers, répondit Gemma sur le
même ton.

Sanine pesa un quart de livre, trouva du
papier pour envelopper la marchandise, con-
fectionna un cornet, versa dedans les pastilles
qu'il répandit de tous côtés, réussit non sans
peine à les faire entrer dans le sac, et enfin les
livra et reçut la monnaie.

L'acheteur le contemplait avec stupéfaction
en tournant son chapeau sur sa poitrine,
tandis que dans la chambre à côté Gemma se
tenait la bouche pour étouffer son rire fou.

A peine ce client fut-il sorti qu'il en vint
un second, un troisième...

— J'ai de la veine, pensa Sanine.

Le second chaland demanda un verre d'orgeat, le troisième une demi-livre de bonbons.

Sanine réussit à satisfaire à tous, il tourna
énergiquement les cuillers dans les verres,
remua les assiettes et sortit agilement les con-
serves et les bonbons des bocaux et des boîtes.

Lorsqu'il fit son compte, il découvrit qu'il
avait vendu trop bon marché l'orgeat, mais
qu'il avait pris deux kreutzers de trop pour
les bonbons.

Gemma riait toujours sans bruit, et Sanine lui-même était d'une gaieté inusitée, dans un état d'esprit extraordinairement heureux.

Il lui semblait qu'il resterait volontiers éter- nellement derrière ce comptoir à vendre des bonbons et de l'orgeat, pendant que cette belle jeune fille le regardait avec des yeux amicale- ment moqueurs, et que le soleil d'été se frayant un chemin à travers l'épais feuillage des mar- ronniers, remplissait la chambre de l'or ver- dâtre des rayons du couchant, et que le cœur se mourait d'une douce langueur de paresse, d'insouciance et de jeunesse — de première jeunesse.

Le quatrième client demanda une tasse de café. Cette fois il fut nécessaire de recourir à Pantaleone, et Sanine vint reprendre sa place près de Gemma. Frau Lénore dormait toujours, à la vive satisfaction de sa fille.

— Quand maman peut dormir, sa migraine passe tout de suite ! expliqua Gemma.

Sanine, toujours à mi-voix, parla de nouveau de « son commerce » et s'informa gravement du prix des marchandises. Gemma lui répon- dit sur le même ton. Tous deux, pourtant, en

leur for intérieur, sentaient parfaitement
qu'ils jouaient la comédie.

Tout à coup un orgue de Barbarie dans la
rue joua l'air du Freischutz : « A travers les
monts, à travers les plaines! »

Les sons criards se répandirent, tremblo-
tants et vibrant dans l'air immobile.

Gemma tressaillit.

— Cette musique va réveiller maman !

Sanine courut dans la rue, mit une poignée
de kreutzers dans la main du joueur d'orgue
et le décida à se retirer.

Lorsqu'il rentra dans la chambre, Gemma le
remercia d'un léger signe de tête, et avec un
sourire pensif se mit à fredonner elle-même la
belle mélodie de Weber, dans laquelle Max
exprime les doutes du premier amour.

Elle demanda ensuite à Sanine s'il connaissait le *Freischutz*, s'il aimait Weber, et elle
ajouta que, bien qu'elle fût Italienne, elle pré-
férait cette musique à toute autre.

La conversation passa de Weber à la poésie
et au romantisme, puis à Hoffmann, qui était
fort à la mode à cette époque.

Pendant ce temps Frau Lénore dormait tou-

jours, ronflant même quelque peu, et les
rayons du soleil qui glissaient entre les per-
siennes en bandes étroites, de plus en plus
obliques, se promenaient sans cesse effleurant
le plancher, les meubles, la robe de Gemma,
les feuilles et les pétales des fleurs.

XII

Gemma ne goûtait pas beaucoup Hoffmann
et même elle le trouvait ennuyeux !

Sa nature claire de méridionale restait ré-
fractaire au côté brumeux et fantastique du
conteur.

— Tous ces contes sont bons pour les enfants ! disait-elle non sans dédain.

Elle se plaignait aussi du manque de poésie
d'Hoffmann. Pourtant une de ses nouvelles lui
plaisait beaucoup, tout au moins le commencement, car elle en avait oublié la fin, si
même elle l'avait lue.

C'était l'histoire d'un jeune homme qui rencontre par hasard, peut-être dans une confiserie — une jeune fille d'une grande beauté,

une Grecque. Elle est accompagnée d'un vieillard mystérieux et bizarre.

Le jeune homme tombe amoureux à première vue de la jeune fille, et elle le regarde d'un air suppliant, comme pour lui demander de la délivrer...

Le jeune homme s'absente pour quelques instants, et lorsqu'il rentre dans la confiserie, la jeune fille et le vieillard ont disparu ; il s'élance à leur poursuite, mais tous ses efforts pour les atteindre restent vains.

La belle jeune fille est pour jamais perdue pour lui ; et pourtant il lui est impossible d'oublier le regard suppliant qu'elle attacha sur lui, et il est rongé par la pensée que peut-être le bonheur de sa vie a glissé entre ses doigts.

Ce n'est pas ainsi que finit le conte d'Hoffmann, mais tel est le dénouement qui était resté gravé dans la mémoire de Gemma.

— Il me semble, ajouta-t-elle, que des rencontres et des séparations semblables arrivent plus souvent que nous ne le pensons.

Sanine ne répondit pas à cette remarque,

mais au bout de quelques instants il amena
la conversation sur M. Kluber...

C'était la première fois qu'il le mentionnait,
il ne lui était pas encore arrivé de penser au
fiancé de Gemma.

A son tour la jeune fille ne répondit pas et
resta pensive, mordillant légèrement l'ongle
de l'index et regardant de côté. Enfin elle fit
l'éloge de son fiancé, parla de la partie de
plaisir qu'il avait projetée pour le lendemain,
et jetant un regard plein de vivacité sur
Sanine se tut de nouveau.

Cette fois le jeune Russe ne trouva plus rien
à dire.

Emilio entra dans la chambre en courant si
bruyamment, qu'il réveilla Frau Lénore.

Sanine fut enchanté de l'arrivée de son jeune
ami.

Frau Lénore se leva de son fauteuil, et Pantaleone entra pour annoncer que le dîner
était servi.

L'ami de la maison, l'ex-chanteur et le domestique remplissait encore le rôle de cuisi-
nier.

6.

XIII

Sanine resta pour le dîner. On le retint
encore sous prétexte que la chaleur était acca-
blante, puis, quand la chaleur eut baissé, on
l'invita à venir au jardin pour prendre le café
à l'ombre des acacias.

Sanine accepta. Il se sentait parfaitement
heureux.

Le cours calme et monotone de la vie est
plein de charme, et Sanine s'abandonnait à
ce charme avec délices, il ne demandait rien
de plus au présent, ne songeait pas au lendemain et ne se souvenait plus du passé. Où
trouverait-il plus de charme que dans la compagnie de cet être exquis, Gemma ! Bientôt il
faudra se séparer d'elle, et sans doute pour ne

jamais la revoir, mais pendant que la même barque, comme dans la romance d'Ihland, les porte sur les ondes domptées de la vie : « Réjouis-toi, goûte la vie, voyageur!... »

Et tout semblait beau et agréable à l'heureux voyageur !

Frau Lénore lui proposa de se mesurer avec elle et Pantaleone au « tresette », et elle lui apprit ce jeu de cartes italien peu compliqué, où elle gagna quelques kreutzers, et il était parfaitement heureux.

Pantaleone, à la demande d'Emilio, commanda au caniche Tartaglia d'exécuter tous ses tours, et Tartaglia sauta par-dessus un bâton, parla, c'est-à-dire, aboya, éternua, ferma la porte avec son museau, apporta la vieille pantoufle de son maître, et finalement, coiffé d'un vieux shako, figura le maréchal Bernadotte recevant de cruels reproches de Napoléon sur sa trahison.

Napoléon était représenté par Pantaleone, assez fidèlement; les bras croisés, un tricorne enfoncé sur les yeux, il grondait furieusement en français... et dans quel français? Tartaglia était assis devant son Empereur humblement replié sur lui-même, la queue baissée, clignant timidement les yeux sous la visière du shako, posé de travers; de temps en temps, quand Napoléon haussait la voix, Bernadotte se soulevait sur ses pattes de derrière.

— *Fuori, Traditore!* (va-t'en, traître) cria Napoléon, oubliant dans l'excitation de sa colère qu'il devait soutenir son caractère français. Alors Bernadotte se cacha sous le divan, puis revint aussitôt avec un aboiement joyeux, qui signifiait que la représentation était terminée.

Tous les spectateurs riaient aux larmes, et Sanine riait plus que tous les autres.

Gemma avait un rire fort agréable, continu et lent mais entrecoupé de petits cris plaintifs, très drôles... Sanine était en extase devant ce rire. Il aurait voulu pouvoir couvrir de baisers la jeune fille pour chacun de ces petits cris. Enfin la nuit tomba. Il était temps de se séparer.

Sanine prit plusieurs fois congé de tout le monde, et répéta à chacun à maintes reprises :
— A demain ! Même il embrassa Emilio, et partit en emportant l'image triomphante de

la jeune fille, parfois rieuse, parfois pensive, calme ou indifférente mais toujours remplie d'attrait. Ces yeux tantôt largement ouverts, clairs et gais comme le jour, tantôt à demi recouverts par les cils, profonds et sombres comme la nuit, étaient toujours devant lui, pénétrant d'un trouble étrange et doux toutes les autres images et représentations.

Mais il n'arriva pas une seule fois à Sanine de songer à M. Kluber ni aux événements qui l'obligaient à rester à Francfort, en un mot tout ce qui le préoccupait et le tourmentait la veille n'existait plus pour lui.

XIV

Sanine était un fort beau garçon, de taille haute et svelte; il avait des traits agréables, un peu flous, de petits yeux teintés de bleu exprimant une grande bonté, des cheveux dorés et une peau blanche et rose. Ce qui le distinguait de prime abord, c'était cette expression de gaieté sincère, un peu naïve, ce rire confiant, ouvert, auquel on reconnaissait autrefois à première vue les fils de la petite noblesse rurale russe. Ces fils de famille étaient d'excellents jeunes gentilshommes, nés et librement élevés dans les vastes domaines des pays de demi-steppes.

Sanine avait une démarche indécise, une voix légèrement sifflante, et dès qu'on le re-

gardait il répondait par un sourire d'enfant.
Enfin il avait la fraîcheur et la santé; mais le
trait caractéristique de sa physionomie était
la douceur, par dessus tout la douceur !

Il ne manquait pas d'intelligence et avait
appris pas mal de choses. Malgré son voyage
à l'étranger, il avait conservé toute sa fraîcheur d'esprit et les sentiments qui à cette
époque troublaient l'élite de la jeunesse russe,
lui étaient totalement inconnus.

Dans ces derniers temps, après s'être mis en
quête d'hommes nouveaux, les romanciers
russes ont commencé à représenter des jeunes
gens qui se piquent avant tout de fraîcheur,
mais ils sont frais à la façon des huîtres de
Flensbourg, qu'on apporte à Saint-Pétersbourg.

Sanine n'avait rien de commun avec ces
jeunes gens.

Puisque je me laisse aller à des comparai-
sons, je dirai que Sanine ressemblait à un
jeune pommier touffu, récemment planté dans
un jardin russe de terre arable, ou plutôt à
un jeune cheval de trois ans, bien nourri, au
poil lisse, aux pieds forts, et qui n'est pas encore dressé.

Ceux qui ont rencontré Sanine plus tard, quand la vie l'a brisé, quand il a perdu le velouté de la première jeunesse, ont trouvé en lui un tout autre homme.

Le lendemain matin, Sanine était encore au lit, lorsque Emilio, endimanché, une canne à la main, et très pommadé, entra vivement dans la chambre de son ami pour lui annoncer que Herr Kluber serait tout de suite là avec la voiture, que le temps promettait d'être très beau, que tout était prêt, mais que sa mère ne serait pas de la partie parce que sa migraine l'avait reprise.

Emilio engagea Sanine à s'habiller au plus vite en lui disant qu'il n'avait pas un instant à perdre.

En effet, M. Kluber surprit le jeune Russe au milieu de sa toilette. Il frappa à la porte, entra, salua en se courbant en deux, et se déclara prêt à attendre aussi longtemps qu'on voudrait, puis il s'assit en posant avec grâce son chapeau sur son genou.

Le premier commis était tiré à quatre épingles et avait versé sur sa personne tout un flacon de parfum; chacun de ses mouvements était suivi d'un effluve d'arome subtil.

Il était arrivé dans un landau découvert attelé de deux chevaux grands et vigoureux, mais dépourvus d'élégance.

Un quart d'heure plus tard, Sanine, Kluber et Emilio arrivèrent triomphalement devant le perron de la confiserie. Madame Roselli refusa catégoriquement de se joindre à la promenade.

Gemma voulut rester pour tenir compagnie à sa mère, mais Frau Lénore la mit pour ainsi dire dehors de vive force.

— Je n'ai besoin de personne pour me tenir compagnie, dit-elle, je veux dormir. J'aurais envoyé Pantaleone avec vous, mais il faut que quelqu'un reste au magasin.

— Pouvons-nous prendre Tartaglia avec nous?

— Je crois bien, mon fils.

Tartaglia sauta immédiatement avec des bonds de joie sur le siège à côté du cocher et s'assit en se pourléchant les babines. Evidemment il était habitué à ces promenades.

Gemma mit un grand chapeau de paille

7

orné de rubans couleur de cannelle dont l'aile repliée sur le front abritait tout le visage. L'ombre s'arrêtait aux lèvres qui rougissaient virginalement et tendrement, comme les pétales d'une rose à cent feuilles, tandis que les dents brillaient discrètement, avec la même innocence que chez un enfant.

Gemma prit place au fond de la voiture avec Sanine. Kluber et Emilio s'assirent en face.

Le pâle visage de Frau Lénore apparut à la fenêtre. Gemma agita son mouchoir, et les chevaux se mirent en marche.

XV

Soden est une petite ville dans les environs de Francfort, fort bien située au pied d'une des ramifications du Taunus, endroit réputé en Russie pour ses eaux, qu'on dit salutaires pour les personnes dont les poumons sont délicats.

Les habitants de Francfort vont à Soden pour se distraire. Le parc est fort beau et présente aux promeneurs plusieurs « Wirthschafte », où l'on peut boire de la bière et du café, à l'ombre des hauts tilleuls et des érables.

La route de Francfort à Soden longe la rive droite du Mein; elle est dans toute sa longueur bordée d'arbres fruitiers.

Pendant que le landau roulait lentement sur

la route unie, Sanine observait à la dérobée la façon dont Gemma se comportait avec son fiancé ; il les voyait ensemble pour la première fois. L'attitude de la jeune fille était calme et naturelle, quoiqu'un peu plus réservée et plus sérieuse que d'habitude.

Kluber avait l'air d'un supérieur plein de condescendance, qui s'accorde ainsi qu'à ses subordonnés un plaisir modéré et convenable.

Sanine ne remarqua pas chez le fiancé de Gemma de l'empressement. Il était évident que Herr Kluber considérait son mariage comme une affaire arrêtée, dont il n'avait plus aucune raison de s'inquiéter !

Mais il ne perdait pas un instant le sentiment de sa condescendance ! Pendant une longue promenade que les jeunes gens firent avant le dîner, à travers bois, dans la montagne et dans les vallées qui entourent Soden, Herr Kluber, tout en admirant les beautés de la nature, la traitait aussi avec une condescendance à travers laquelle perçait le sentiment de sa supériorité. Il fit la remarque que tel ruisseau avait tort de couler en ligne droite

au lieu de décrire des méandres pittoresques ;
il critiqua aussi le chant d'un pinson qui ne
variait pas assez ses thèmes.

Gemma ne paraissait pas s'ennuyer, même
elle avait l'air de s'amuser plutôt, et cependant
Sanine ne reconnaissait pas la Gemma de la
veille ; nulle ombre pourtant n'attristait son
visage, jamais sa beauté n'avait eu plus de
rayonnement, mais son âme semblait repliée
sur elle-même.

L'ombrelle ouverte, gantée, elle marchait
légèrement, sans hâte, comme se promènent
les jeunes filles bien élevées, et elle parlait
peu.

Emilio n'avait pas l'air non plus de se sentir
tout à fait à son aise, et Sanine encore moins
que lui. Le jeune Russe d'ailleurs était un peu
gêné par l'obligation de parler tout le temps
allemand.

Seul Tartaglia se sentait libre de toute con-
trainte ! Il poursuivait les merles avec des
aboiements frénétiques, sautait par-dessus
les fossés et les troncs renversés, se plongeait
dans les ruisseaux, lapait l'eau à grandes gor-
gées, se secouait, japait, puis partait comme

7.

une flèche, sa langue rouge tirée jusqu'à l'é-
paule.

Herr Kluber faisait tout ce qu'il jugeait convenable pour égayer la compagnie. Il invita
tout le monde à s'asseoir sous l'ombre d'un
grand chêne, et, tirant de sa poche un petit
livre intitulé : *Knallerbsen — oder du sollst
und wirst lachen! — Les Pétards, — ou tu dois
rire et tu riras certainement!* il se mit à lire
des anecdotes comiques. Il en lut une dou-
zaine sans avoir fait rire qui que ce soit. Sanine, seul, par politesse, se croyait obligé, à la
fin de chaque récit, de découvrir ses dents, et
M. Kluber lui-même ponctuait régulièrement
ses anecdotes d'un rire bref, mesuré et toujours empreint de condescendance.

Vers midi, M. Kluber et ses invités entrèrent
dans le premier restaurant de Soden.

Il s'agissait de choisir le menu.

M. Kluber avait proposé de dîner dans le
gartensalon, un pavillon fermé. Cette fois,
Gemma se révolta et déclara qu'elle voulait
dîner dans le jardin, au grand air, à une des
petites tables disposées devant le restaurant.
« Elle en avait assez, ajouta-t-elle, d'être tout

le temps avec les mêmes personnes, elle voulait voir de nouveaux visages. »

Plusieurs tables étaient déjà occupées par des groupes de visiteurs.

M. Kluber céda avec condescendance au « caprice » de sa fiancée. Pendant qu'il s'entretenait à part avec l'*oberkelner* (le maître d'hôtel), Gemma resta immobile, les yeux baissés, les lèvres serrées : elle sentait que Sanine l'observait sans cesse, et elle semblait mécontente de cette insistance.

Enfin, M. Kluber revint pour annoncer que le dîner serait prêt dans une demi-heure, et proposa de faire en attendant une partie de quilles. Il ajouta que ce jeu est excellent pour éveiller l'appétit : « Hé! hé! hé! »

Il jouait en virtuose, il prenait, pour jeter la boule, des attitudes d'Hercule, mettant tous les muscles en jeu et en même temps relevant légèrement la jambe. M. Kluber était un athlète en son genre, et fort bien tourné! Impossible d'avoir des mains plus blanches ni plus délicates, et c'était un plaisir de le voir les essuyer dans un mouchoir de soie imita-

tion d'indienne, rouge et or, et des plus cos-
sus!...

Enfin, le dîner fut servi, et toute la société
put prendre place autour d'une petite table.

XVI

Qui ne connaît pas le classique dîner
allemand? Une soupe aqueuse avec de grosses
boulettes de pâte et de la cannelle; un bouilli
archi-cuit, sec comme un bouchon, nageant
dans de la graisse blanche gluante et flanqué
de pommes de terre devenues poisseuses, et
de raifort râpé. Ensuite, un plat d'anguille
tournée au bleu, arrosée de vinaigre et semée
de câpres, auquel succède le rôti servi avec de
la confiture, et l'inévitable *Mehlspeise*, une
sorte de pouding qu'accompagne une sauce
rouge et aigre.

Il est vrai qu'en revanche, le vin et la bière
étaient de premier choix!

Tel est le menu du dîner que le premier restaurateur de Soden servit à ses hôtes.

En somme, tout se passa très correctement. Peu d'animation, par exemple, même quand M. Kluber porta un toast à « ce que nous aimons! » (*was wir lieben!*) L'entrain manqua. C'était trop comme il faut, trop convenable pour être gai.

Après le dîner, on servit du café clair, roussâtre, un vrai café allemand.

M. Kluber, en parfait gentleman, demanda à Gemma la permission de fumer un cigare.

C'est alors qu'il se passa quelque chose d'imprévu, de très désagréable et même de très inconvenant.

A une table voisine se trouvaient quelques officiers de la garnison de Mayence. Il était facile de voir, d'après la direction de leurs regards et leurs chuchotements, que la beauté de Gemma les avait frappés. Un de ces officiers, qui avait été à Francfort, ne détachait pas ses yeux de la jeune fille, comme s'il la connaissait très bien. Il savait certainement qui elle était.

Messieurs les officiers avaient déjà beaucoup

bu; leur table était couverte de bouteilles. Subitement, l'officier qui regardait sans cesse Gemma se leva, et, le verre à la main, s'approcha de la table où se trouvait la jeune Italienne.

C'était un tout jeune homme, très blond, dont les traits étaient assez agréables, même sympathiques; mais la boisson avait altéré son visage; ses joues se contractaient, les yeux enflammés vaguaient avec un air impertinent.

Ses camarades avaient d'abord tenté de le retenir, puis avaient fini par le laisser aller en disant : « Arrive que pourra! »

L'officier, avec un léger balancement des jambes, s'arrêta devant Gemma, et, d'une voix criarde et forcée, dont l'accent laissait percer pourtant une lutte intérieure, s'écria :

— Je bois à la santé de la plus belle demoiselle de café de Francfort et du monde entier!

Il vida d'un trait son verre et ajouta :

— En retour, je prends cette fleur que ses doigts divins ont cueillie.

Il s'empara d'une rose qui se trouvait sur la table, devant le couvert de Gemma.

Au premier abord Gemma fut saisie, effrayée, et devint très pâle... Puis, l'effroi fit place à l'indignation; elle rougit jusqu'à la racine des cheveux, ses yeux foudroyèrent l'insulteur, ses prunelles devinrent à la fois sombres et fulminantes, s'emplirent d'obscurité et flamboyèrent d'une fureur sans bornes.

L'officier fut évidemment troublé par ce regard, il murmura quelques paroles inintelligibles, salua et retourna auprès de ses camarades, qui l'accueillirent par des éclats de rire et des bravos en sourdine.

M. Kluber se leva de sa chaise, se redressa de toute la hauteur de sa taille, et posant son chapeau sur sa tête, dit avec dignité, mais pas assez haut :

— C'est d'une impertinence inouïe, inouïe !

D'une voix sévère il appela le garçon et réclama sur le champ l'addition. Mais ce n'était pas assez, il donna l'ordre d'atteler le landau, ajoutant que des gens comme il faut ne devaient pas se risquer dans cette maison, où ils étaient exposés à des insultes !

A ces mots Gemma qui était restée assise sans faire un mouvement, la poitrine haletante et oppressée, leva les yeux et darda sur M. Kluber un regard pareil à celui qu'elle avait lancé à l'officier.

Emilio tremblait de rage.

— Levez-vous, *mein Fraülein*, dit Kluber toujours sur le même ton sévère, votre place n'est pas ici... Nous allons entrer au restaurant pour attendre la voiture.

Gemma se leva sans mot dire. M. Kluber lui offrit le bras, elle l'accepta, et il se dirigea avec elle vers le restaurant, d'une démarche majestueuse, qui devenait, ainsi que toute sa personne, plus majestueuse et plus fière à mesure qu'il s'éloignait de l'endroit où il avait dîné.

Le pauvre Emilio les suivit.

Pendant que M. Kluber réglait la note avec le garçon et supprimait le pourboire en guise d'amende, Sanine s'approcha en toute hâte de la table des officiers.

S'adressant à l'insulteur, qui était en train de faire respirer à ses camarades le parfum de la rose dérobée à Gemma, Sanine lui dit distinctement en français :

— Ce que vous venez de faire, monsieur, est indigne d'un honnête homme, indigne de l'u-

8

niforme que vous portez, et je viens pour vous
dire que vous êtes un homme mal élevé et un
insolent !

Le jeune officier se leva d'un bond, mais un
de ses camarades plus âgé le retint et l'obligea
à se rasseoir, puis se tournant vers Sanine lui
dit en français :

— Êtes-vous le parent, le frère ou le fiancé
de cette demoiselle ?

— Je suis un étranger, répondit Sanine, je
suis Russe, mais je ne peux voir avec indiffé-
rence une pareille insolence. Au reste voici ma
carte et mon adresse... Monsieur l'officier me
trouvera à sa disposition quand il voudra.

Et Sanine jeta sur la table sa carte de visite,
s'emparant du même coup de la rose qu'un
des officiers avait laissé tomber dans son assiette.

Le jeune insulteur voulut de nouveau se lever, mais son camarade le retint en disant:

— Calme-toi, Doenhoff, calme-toi !...

Puis lui-même se leva, et portant la main à
la hauteur de la visière, dit à Sanine, avec un
ton et des manières qui n'étaient pas exempts
de respect, que le lendemain un des officiers

de son régiment aurait l'honneur de se présenter chez lui.

Sanine répondit par un salut sec et se hâta de rejoindre ses amis.

M. Kluber feignit de ne pas s'être aperçu de l'absence de Sanine et de n'avoir pas remarqué son colloque avec les officiers. Il pressait le cocher d'atteler et le gourmandait pour sa lenteur. Gemma n'adressa pas non plus la parole à Sanine, elle ne le regarda même pas, mais à ses sourcils contractés, à ses lèvres pâles et serrées, à son immobilité on pouvait voir qu'elle souffrait cruellement.

Emilio aurait voulu parler à Sanine et le questionner. Il avait vu Sanine s'approcher des officiers, et avait remarqué qu'il leur avait remis un bout de carton... sa carte de visite, sans doute... Le cœur de l'enfant battait, ses joues étaient en feu; il aurait voulu se jeter au cou du jeune homme, pleurer, aller tout de suite avec lui pourfendre tous ces vilains officiers allemands. Mais il sut se contenir et se borna à suivre attentivement les mouvements de son noble ami russe.

Le cocher finit enfin par atteler et tout le

monde remonta dans le landau. Emilio suivit
Tartaglia sur le siège ; il s'y sentait plus à son
aise ; il n'avait pas devant lui M Kluber qu'il
ne pouvait plus voir sans colère.

M. Kluber parla tout le long de la route sans
interruption... mais il parlait seul ; personne
ne le contredisait et personne n'était de son
avis.

Il insista beaucoup sur le fait qu'on avait eu
tort de ne pas suivre son conseil, quand il
avait proposé de dîner dans le pavillon. On
aurait évité tout désagrément.

Ensuite il émit quelques opinions avancées
et libérales sur le gouvernement, qui permettait aux officiers de ne pas observer assez
strictement la discipline, et de manquer de
respect à l'élément civil de la société — « car
c'est comme cela, ajouta M. Kluber, qu'avec le
temps surgit le mécontentement, d'où il n'y a
qu'un pas pour arriver à la révolution — nous
en avons un triste exemple dans la France. »
M. Kluber poussa un soupir sympathique mais
sévère. Il se hâta d'expliquer que personnellement il nourrissait le plus profond respect
pour les autorités et que jamais au grand ja-

mais, il ne serait révolutionnaire. Mais cela ne
l'empêchait pas de blâmer ouvertement une
pareille immoralité.

M. Kluber se livra encore à beaucoup de réflexions sur ce qui est moral et immoral,
convenable et inconvenant....

Pendant ce monologue de M. Kluber, Gemma
déjà mécontente de lui depuis leur promenade
avant le dîner, et qui pour cette raison se tenait sur la réserve avec Sanine, commença à
avoir positivement honte de son fiancé ! A la
fin de la promenade, il était facile de voir
qu'elle souffrait réellement, et sans adresser
la parole à Sanine, elle lui jeta un regard suppliant.

Sanine de son côté ressentait beaucoup plus
de pitié pour Gemma que d'indignation contre
M. Kluber. Au fond de son cœur, sans s'en
rendre tout à fait compte il était heureux de
ce qui venait de se passer, bien qu'il eût en
perspective un duel pour le lendemain.

Enfin cette pénible partie de plaisir prit fin.

En aidant Gemma à descendre de voiture,
Sanine, sans parler, lui glissa dans la main la
rose. La jeune fille devint très rouge, serra la

8.

main du jeune homme et dissimula aussitôt
la fleur.

Sanine n'avait pas l'intention d'entrer dans
la confiserie bien qu'il fût tôt dans la soirée.
Gemma d'ailleurs ne l'invita même pas. Pantaleone, du reste, qui était venu au devant
des promeneurs sur le perron, déclara que
Frau Lénore dormait.

Emilio prit timidement congé de Sanine ; il
avait l'air d'avoir peur de son ami, tant son
admiration pour lui était grande.

M. Kluber reconduisit Sanine chez lui et le
salua froidement. Cet Allemand, malgré son
flegme et son assurance, se sentait mal à
l'aise.

Tout le monde d'ailleurs se sentait mal à
l'aise ce jour-là.

Ce sentiment ne tarda pas à s'effacer chez
Sanine et à faire place à une disposition d'esprit indéfinissable, mais agréable et exaltée.

Sanine arpenta longtemps sa chambre sans
vouloir penser à quoi que ce soit et en sifflo-
tant un air ; il était très content de lui-même.

XVII

Le lendemain matin, en s'habillant, Sanine se dit à lui-même : « J'attendrai l'officier jusqu'à dix heures, et après il pourra me chercher dans la ville. »

Mais les Allemands se lèvent de bonne heure, et l'horloge n'avait pas encore sonné neuf heures, lorsque le garçon vint annoncer à Sanine que M. le second lieutenant von Richter demandait à lui parler.

Sanine se hâta de passer sa redingote et donna l'ordre de faire entrer l'officier.

Contrairement à l'attente de Sanine, M. von Richter était un tout jeune homme, presque un gamin. Il s'efforçait de donner de la gravité à l'expression de son visage imberbe, mais sans y parvenir. Il ne réussit pas davantage à dissimuler son trouble et, en s'asseyant sur une chaise, il accrocha son sabre et faillit tomber.

Avec beaucoup d'hésitation et en bégayant, il dit en mauvais français à Sanine qu'il venait au nom de son camarade, le baron von Daenhoff, demander à M. von Zanine de présenter des excuses pour les paroles injurieuses qu'il avait prononcées la veille à l'adresse du baron von Daenhoff, et que si M. von Zanine refusait de s'excuser, le baron von Daenhoff demanderait satisfaction.

Sanine répondit qu'il n'avait nullement l'intention de s'excuser, mais qu'il était prêt à donner satisfaction.

Alors le second lieutenant, toujours en hésitant, demanda avec qui, à quelle heure, et où les pourparlers pourraient avoir lieu.

Sanine répondit que M. von Richter pouvait passer dans deux heures, et que pendant ce temps il se procurerait un témoin, tout en se disant, *in petto*. « Où diable irai-je le chercher? »

M. Richter se leva, salua, mais sur le seuil de la porte s'arrêta comme pris d'un remords

de conscience, et se tournant vers le jeune
Russe, il déclara que son camarade, le baron
von Daenhoff, reconnaissait qu'il avait eu des
torts dans les événements de la veille, et qu'il
se contenterait *des exghises léchères*.

Sanine répondit qu'il n'admettait pas la pos-
sibilité d'excuses, ni légères ni lourdes, parce
qu'il ne se considérait pas comme coupable.

— Dans ce cas, répondit M. von Richter,
devenu encore plus rouge — *il faudra échanger
des goups de bisdolet à l'amiaple.*

— Comment, demanda Sanine, vous voulez
que nous tirions en l'air ?

— Oh ! non, je n'ai pas voulu dire cela, bal-
butia le second-lieutenant tout à fait confus ;
je me suis dit que du moment que nous
sommes entre gentilshommes... Je règlerai ces
détails avec votre témoin, ajouta-t-il vivement, et il sortit brusquement de la chambre.

Dès que l'officier fut parti, Sanine se laissa
choir sur une chaise et se mit à considérer le
plancher. — « Que signifie tout cela ? Quel
cours sa vie a-t-elle pris tout à coup ? » Le
passé, l'avenir, s'effacèrent... et il ne se
rendit plus compte que d'une chose, c'est

qu'il était à Francfort et qu'il allait se battre.

Il se souvint subitement d'une tante, devenue folle, qui chantait en valsant une chanson où elle appelait un officier, son « chéri » pour qu'il vînt danser avec elle.

Sanine partit d'un éclat de rire et répéta la chanson de sa tante : « *Officier, mon chéri, viens danser avec moi...* »

« Pourtant il faut agir, je n'ai pas de temps à perdre ! »

Il tressaillit en voyant devant lui Pantaleone un billet à la main.

— J'ai frappé plusieurs fois à votre porte ; expliqua l'Italien, mais vous ne m'avez pas répondu. J'ai cru que vous étiez absent...

Il présenta à Sanine le pli.

— C'est de la signorina Gemma.

Sanine prit machinalement le billet, le décacheta et le lut.

Gemma écrivait que depuis la veille elle était très inquiète, et qu'elle le priait de venir la voir le plus tôt possible.

— La signorina n'est pas tranquille, ajouta Pantaleone qui connaissait la teneur du billet : elle m'a dit de passer pour voir où vous en êtes, et de vous ramener à la maison avec moi.

Sanine examina le vieil Italien et se mit à réfléchir. Une idée lui traversa la tête. Au premier abord cette idée semblait saugrenue, impossible... « Mais après tout, pourquoi pas ? » se demanda-t-il à lui-même.

— Monsieur Pantaleone ? dit-il à haute voix.

Le vieillard tressaillit, enfonça le menton dans sa cravate et regarda Sanine.

— Vous avez entendu parler de ce qui s'est passé hier ?

Pantaleone se mordilla les lèvres et secoua son énorme toupet.

— Je sais tout.

Emilio à son retour n'avait rien eu de plus pressé que de lui raconter l'affaire.

— Ah ! vous êtes au courant ?... Eh bien !... je viens de recevoir la visite d'un officier. L'insolent d'hier me provoque... J'ai accepté le duel, mais je n'ai pas de témoin... Voulez-vous me servir de témoin ?

Pentaleone eut un tressaillement nerveux et releva les sourcils si haut, qu'ils disparurent sous ses cheveux pendants.

— Faut-il absolument que vous vous bat-
tiez ? demanda-t-il enfin en italien.

— Absolument. Il m'est impossible de revenir en arrière, je flétrirais mon nom pour la
vie.

— Hum !... Donc si je refusais de vous servir
de témoin, vous en chercheriez un autre ?

— Naturellement, je ne peux m'en passer...

Pantaleone inclina la tête vers le sol.

— Mais permettez-moi de vous demander,
signore de Tsaninio, est-ce que ce duel ne
risque pas de jeter une ombre sur la réputation
d'une jeune fille?

— Je ne le pense pas : d'ailleurs il n'y a plus
moyen de l'empêcher.

— Hum !...

La figure de Pantaleone disparut tout entière dans sa cravate.

— Mais ce *ferroflucto Kluberio*... Que fait-il?
s'écria-t-il subitement en relevant la tête.

— Lui ? Il ne fait rien.

— *Che!* (exclamation italienne intradui-
sible.)

Pantaleone haussa les épaules en signe de
mépris.

— En tout cas, je dois vous remercier, dit-il d'une voix mal assurée, de ce que dans mon humble situation actuelle vous avez reconnu en moi un *galant'uomo*... En agissant ainsi vous avez prouvé que vous êtes vous-même un *galant'uomo*... Maintenant je vais réfléchir à votre proposition.

— Nous n'avons pas beaucoup de temps, devant nous, cher monsieur Ci... Cippa...

— tola... ajouta le vieillard. Je ne demande qu'une heure de réflexion... Il y va de l'avenir de la fille de mes bienfaiteurs... C'est pourquoi il est de mon devoir de réfléchir... Dans une heure, dans trois quarts d'heure je vous apporterai ma réponse.

— Bon, je vous attendrai.

— Et maintenant quelle réponse dois-je porter à la signorina Gemma ?

Sanine prit une feuille de papier et écrivit :

« Soyez tranquille, dans trois heures je viendrai vous voir et je vous raconterai tout. Merci de toute mon âme pour votre sympathie. »

Il plia le billet et le remit à Pantaleone.

Le vieillard le serra soigneusement dans sa poche en répétant : « Dans moins d'une

9

heure! » Arrivé à la porte, Pantaleone se retourna brusquement, revint sur ses pas, courut vers Sanine, saisit la main du jeune
homme et la pressant contre son jabot, cria
en levant les yeux au ciel :

— Noble jeune homme! Grand cœur! (*No-*
bil giovanotto! Gran cuore!) — Permettez à
un faible vieillard de serrer votre valeureuse
main droite (*la vostra valorosa destra*).

Pantaleone fit un bond en arrière, battit l'air
de ses deux mains et sortit de la chambre.

Sanine le suivit des yeux, puis prit un journal et se mit à lire. Mais ses yeux suivaient en
vain les lignes, il ne comprenait pas le texte.

XVIII

Une heure plus tard, le garçon entra de nouveau chez Sanine et lui présenta une vieille
carte de visite sur laquelle il lut : *Pantaleone
Cippatola de Varèse, chanteur à la cour (can-
tante di camera) de son Altesse royale, le duc
de Modène.*

A peine le garçon se fut-il retiré que Pantaleone fit son entrée. Il avait changé de vêtements de la tête aux pieds. Il portait un habit
noir devenu roux et un gilet de piqué blanc,
sur lequel serpentait capricieusement une
chaîne de tombac ; un petit cachet de cornaline tombait sur l'étroit pantalon noir orné
d'une baguette. Il tenait de la main droite son
chapeau noir de poil de lièvre, et de la main

gauche deux gants épais de peau de chamois ;
il avait donné à sa cravate plus d'ampleur encore qu'à l'ordinaire, et piqué dans son jabot
empesé une épingle surmontée d'un œil-de-
chat. Un anneau représentant deux mains
jointes sur un cœur embrasé ornait son
index.

Toute la personne du vieillard répandait un
parfum de camphre, de moisi et de musc mé-
langé ; l'air d'importance de tout son être aurait frappé le spectateur le plus indifférent.

Sanine vint au devant de Pantaleone.

— Je vous servirai de témoin, dit l'Italien
en français.

Il s'inclina devant Sanine, ployant tout son
corps en deux et en écartant les pointes de ses
bottes, à la manière des danseurs.

— Je suis venu pour recevoir vos instruc-
tions. Avez-vous l'intention de vous battre
jusqu'à la mort ?

— Pourquoi jusqu'à la mort ? mon cher
monsieur Cippatola... Pour rien au monde je
ne reprendrai ma parole, mais je ne suis pas un
buveur de sang... Attendez d'ailleurs, le témoin
de mon rival ne doit pas tarder à venir... Je

passerai dans une autre chambre et vous ré-
glerez avec lui les conditions du combat.
Croyez-moi, je n'oublierai jamais le service
que vous me rendez, et je vous en remercie de
tout mon cœur.

— L'honneur avant tout! répliqua Pantaleone; et il s'assit dans un fauteuil sans attendre
l'invitation. *Si ce feroflucto spitcheboubio*,
ajouta-t-il, mélangeant l'italien et le français,
si ce marchand Kluberio n'a pas compris son
devoir, s'il a eu peur... tant pis pour lui... Il n'a
pas de cœur pour un sou... basta!... Quant aux
conditions du duel, je suis votre témoin et vos
intérêts me sont sacrés!! Lorsque j'habitai
Padoue, il se trouvait en garnison un régi_
ment de blancs dragons... et j'étais en très
bons termes avec plusieurs officiers... Leur
code d'honneur m'est connu d'un bout à
l'autre... Puis j'ai souvent discuté ce sujet avec
votre *principe* Tarbusski... Est-ce que ce
témoin sera bientôt là?

— Je l'attends d'un instant à l'autre... Le
voici, ajouta Sanine en jetant un coup d'œil sur
la rue.

Pantaleone se leva, regarda sa montre,

9.

ajusta son toupet et rentra précipitamment dans son soulier un fil qui sortait du pantalon.

Le jeune second-lieutenant entra, toujours rouge et troublé.

Sanine présenta les témoins l'un à l'autre :

— Monsieur Richter, sous-lieutenant, monsieur Cippatola, artiste.

Le sous-lieutenant fut légèrement surpris à la vue du vieillard. Mais qu'eût-il dit s'il eût appris à cet instant que l'artiste dont il venait de faire la connaissance cultivait aussi l'art culinaire!...

Pantaleone avait pris la contenance d'un homme qui toute sa vie n'a fait autre chose que d'arranger des duels. Les réminiscences de sa carrière théâtrale lui furent d'un grand secours. Il s'acquitta de son rôle de témoin comme s'il jouait un rôle.

Les deux témoins se regardèrent d'abord sans parler.

— Eh bien !... parlons des conditions? dit Pantaleone en rompant le premier le silence et en jouant avec son cachet de cornaline.

— Parlons, répondit le sous-lieutenant, mais la présence d'un des intéressés...

— Je vous laisse seuls, messieurs, dit
Sanine.

Il salua, entra dans sa chambre à coucher
dont il ferma la porte à clef.

Il se jeta sur son lit et se mit à penser à
Gemma... mais les paroles des témoins pénétrèrent jusqu'à lui à travers la porte fermée.

Les témoins s'expliquaient en français,
langue qu'ils écorchaient impitoyablement,
chacun à sa manière.

Pantaleone parla de nouveau des dragons de
Padoue et du *principe* Tarbousski; le sous-
lieutenant parla d' « exghises léchères » et de
« coups à l'amiaple ».

Le vieil Italien ne voulut pas entendre parler
d' « exghises ». A la terreur de Sanine, il se
mit tout à coup à parler d'une jeune demoiselle innocente, dont le petit doigt vaut plus
que tous les officiers du monde... *Oune zeune
damigella qu'a ella sola dans soun peti doa
vale piu que toutt le zouffissié del mondo.* Il répéta plusieurs fois: C'est une honte, une
honte!... *E ouna onta, ouna onta!*

D'abord le sous-lieutenant ne répondit rien,
mais bientôt sa voix trembla de colère et il

déclara qu'il n'était pas venu pour recevoir des leçons de morale.

— A votre âge, il est toujours utile d'entendre la vérité! riposta Pantaleone.

A plusieurs reprises, la discussion entre les témoins devint orageuse; enfin, après une dispute qui dura une heure, ils arrêtèrent les conditions suivantes :

« Le baron Von Daenhoff et M. de Sanine se battront demain à dix heures du matin, dans le petit bois près de Hanau. La distance entre les combattants sera de vingt pas; chacun a le droit de tirer deux fois sur le signal des témoins. Les armes choisies sont des pistolets sans double détente et non rayés...

M. von Richter se retira, et Pantaleone vint ouvrir triomphalement la porte de la chambre de Sanine, et après avoir communiqué au jeune homme le résultat de l'entretien, dit pour la seconde fois :

— *Bravo, Russo! Bravo giovanotto!* Tu seras vainqueur!

Quelques minutes plus tard ils entraient ensemble à la confiserie Roselli.

En route, Sanine avait demandé à Pantaléone de tenir secrète l'affaire du duel. En réponse, le vieux chanteur avait levé les doigts au ciel et, fermant à demi les yeux, avait répété deux fois de suite : *Segredezza ! Segredezza!*

Pantaleone avait l'air tout rajeuni et marchait allègrement. Ces évènements, bien que désagréables, le transportaient à cette époque de sa vie où lui-même relevait le gant... il est vrai, sur la scène!... On sait que les barytons font toujours la roue devant la rampe.

XIX

Emilio guettait depuis plus d'une heure l'arrivée de Sanine, il courut au-devant du jeune Russe et lui dit furtivement à l'oreille que sa mère ignorait tout ce qui s'était passé la veille, et qu'il ne fallait faire aucune allusion. Emilio avait reçu comme de coutume l'ordre d'aller travailler sous la direction de M. Kluber, mais il était bien décidé à n'en rien faire... Il ferait semblant d'y aller.

Après avoir dit tout cela d'une haleine en quelques secondes, le jeune garçon pencha la tête sur l'épaule de Sanine, l'embrassa avec effusion puis s'élança dans la rue.

Dans la confiserie, Gemma vint au-devant de Sanine; elle voulut lui parler, mais les pa-

roles ne vinrent pas, ses lèvres tremblaient et
ses yeux allaient de droite et de gauche sous
les paupières à demi-baissées. Sanine se hâta
de rassurer la jeune fille en lui disant que
l'affaire était arrangée... et qu'il ne fallait plus
y penser.

— Personne ne s'est présenté chez vous aujourd'hui? demanda Gemma.

— Si, un monsieur est venu me voir... nous
nous sommes expliqués... et nous avons clos
l'incident à la satisfaction de tout le monde...

Gemma reprit sa place derrière le comptoir.

« Elle ne me croit pas », pensa Sanine...

Il entra dans la chambre de Frau Lénore.

La migraine de madame Roselli avait passé,
mais la malade restait très abattue. La mère
de Gemma accueillit très gracieusement Sanine
tout en le prévenant que ce jour-là il s'en-
nuierait auprès d'elle, parce qu'elle ne se
sentait pas capable de le distraire.

Sanine s'assit à côté de Frau Lénore et remarqua qu'elle avait les paupières rouges et
enflées.

— Qu'avez-vous, Fràu Lénore? Vous avez
pleuré?

— Chut !... dit-elle en indiquant d'un mouvement de tête le magasin où se trouvait sa
fille... Ne parlez pas si haut...

— Mais pourquoi avez-vous pleuré?

— Ah! monsieur Sanine, je ne sais pas
pourquoi!

— Personne ne vous a fait du chagrin ?

— Oh non! Je me suis sentie tout à coup très
accablée... J'ai pensé à Giovanna Battista... à
ma jeunesse... Comme tout cela a vite passé!...
Je deviens vieille, mon ami, et je ne peux pas
en prendre mon parti... Je me sens toujours
la même qu'autrefois... mais la vieillesse est
là... elle est là...

Sanine vit poindre des larmes dans les yeux
de Frau Lénore.

— Cet aveu vous surprend?... Mais vous
aussi vous deviendrez vieux, mon ami, et vous
apprendrez combien c'est amer.

Sanine voulut consoler madame Roselli en
lui parlant de ses deux enfants dans lesquels
renaissait sa jeunesse; il essaya même de
tourner la chose en plaisanterie, en prétendant
que c'était une manière de demander des com-
pliments... mais elle le pria très sérieusement

de ne pas badiner sur ce sujet, et pour la première fois de sa vie Sanine découvrit qu'il
existe une tristesse qu'il n'est pas possible de
consoler ni de dissiper, la tristesse de la vieillesse qui a conscience d'elle-même. Il faut
laisser cette impression s'effacer peu à peu.

Sanine proposa à Frau Lénore une partie de
« tressette » et c'était tout ce qu'il pouvait
trouver de mieux. Madame Roselli accepta
cette offre et parut se rasséréner.

La partie dura jusqu'au dîner, et après le
repas recommença avec Pantaleone pour troisième partenaire. Jamais le toupet de l'ex-ba-
ryton n'était tombé si bas sur le front, jamais
son menton ne s'était enfoncé si profondément
dans sa cravate! Chacun de ses mouvements
respirait une noble gravité concentrée, et il
était impossible de le regarder sans se demander aussitôt : mais quel secret cet homme
garde-t-il avec tant de résolution ?

Segredezza ! Segredezza !

Durant toute la journée il multiplia les occasions de témoigner à Sanine l'estime particu-
lière dans laquelle il le tenait. A table il lui
passait les plats avant d'avoir servi les dames ;

pendant les parties de cartes il lui cédait l'achat, ne se permettait pas de le remiser et à tout propos déclarait que les Russes sont de tous les peuples le plus brave, le plus magnanime, le plus héroïque.

— Vieux comédien, va ! pensait Sanine.

Le jeune homme fut surtout frappé par l'attitude que Gemma garda toute la journée avec lui. Elle ne l'évitait pas... loin de là, elle venait à tout instant s'asseoir à une petite distance de lui, écoutant ce qu'il disait, le regardant mais évitant d'entrer en conversation avec lui. Dès qu'il lui adressait la parole, elle se levait et entrait pour quelques instants dans la pièce voisine. Elle revenait peu de temps après, s'asseyait dans un coin et restait immobile, préoccupée et surtout perplexe, très perplexe.

Frau Lénore finit par remarquer la manière d'être inusitée de sa fille, et deux fois lui demanda ce qu'elle avait.

—Je n'ai rien, répondit Gemma ; tu sais que je suis quelquefois ainsi.

— C'est vrai ! approuva la mère.

Ainsi passa cette journée, longue sans être animée ni languissante, gaie ni ennuyeuse.

Si Gemma s'était conduite autrement, qui
sait si Sanine aurait pu résister à la tentation
de poser pour le héros ? — Ou encore il se serait
laissé aller à la tristesse à la veille d'une séparation peut-être éternelle ? N'ayant pas une
seule fois l'occasion de parler avec Gemma, il
dut se contenter de jouer au piano, avant le
café du soir, des accords en mineur, pendant
un quart d'heure.

Emilio rentra tard, et pour échapper à toute
question au sujet de M. Kluber, se retira de
très bonne heure.

Enfin le moment vint pour Sanine de prendre congé de ses hôtesses. Lorsqu'il dit adieu
à Gemma, il songea à la séparation de Lenski
et d'Olga dans l'*Onéguine* de Pouchkine. Il
pressa fortement la main de la jeune fille et
voulut la regarder en face, mais elle détourna
légèrement la tête et retira ses doigts.

XX

Quand il descendit le perron, le ciel était
déjà couvert d'étoiles. Combien pouvait-il y
en avoir de ces étoiles grandes, petites, jaunes,
rouges, bleues et blanches ? Elles brillaient
toutes en essaim serré, ayant l'air de jouer à
qui lancerait le plus de rais. Il n'y avait pas de
lune, et chaque objet se distinguait nettement
dans cette obscurité demi-lumineuse et sans
ombre.

Sanine suivit la rue jusqu'à son extrémité...
Il n'avait pas envie de rentrer chez lui ; il
éprouvait le besoin d'errer au grand air.

Il revint sur ses pas ; lorsqu'il se trouva en
face de la confiserie Roselli, à une certaine
distance, une des fenêtres s'ouvrit brus-

quement; la chambre n'était pas éclairée, et le jeune Russe distingua dans la baie noire de la croisée une forme féminine. Une voix appela :

— Monsieur Dmitri !

Il courut sous la fenêtre.

C'était Gemma !

Elle s'appuya sur l'allège et se penchant en dehors, dit d'une voix circonspecte :

— Monsieur Dmitri, toute la journée j'ai désiré vous remettre quelque chose... et je n'ai pas osé... Mais, en vous voyant à l'improviste comme cela, j'ai pensé... que c'est la destinée...

Elle s'interrompit. Elle ne pouvait plus parler...

Tout à coup, au milieu du silence absolu, sous un ciel sans nuages, une bourrasque de vent s'était abattue, si violente que le sol trembla; la pure clarté des étoiles oscilla et s'effaça; l'air tourna sur place... Le souffle chaud, presque torride de la rafale courba les cimes des arbres, ébranla le toit de la maison, les murs, secoua toute la rue.

Le vent emporta le chapeau de Sanine,

10.

souleva et défit les boucles noires de Gemma.

La tête du jeune homme se trouvait au niveau de la fenêtre, il s'y cramponna involontairement, et Gemma, saisissant de ses deux mains l'épaule de Sanine, effleura la tête du jeune Russe du haut de son buste incliné...

Un bruit de cloches, un formidable fracas gronda pendant une minute environ. Puis le coup de vent s'envola inopinément comme une bande d'énormes oiseaux, et un calme intense régna de nouveau.

Sanine leva la tête et le visage de la jeune fille lui apparut si beau, bien qu'effaré et troublé, les yeux semblaient si grands, si terribles mais d'une telle splendeur, — la femme qu'il avait devant lui était si belle, que le cœur du jeune homme défaillit, il colla ses lèvres à la fine boucle de cheveux, que le vent avait jetée sur sa poitrine, et ne put que balbutier : « Oh Gemma ! »

— Mais que s'est-il passé ? Un orage ? demanda-t-elle en regardant tout autour d'elle, sans retirer ses bras nus de l'épaule de Sanine.

— Gemma ! répéta le jeune Russe.

Elle soupira, jeta un coup d'œil dans la chambre, et d'un vif mouvement sortant de son corsage la rose déjà fanée, la jeta à Sanine.

— J'ai voulu vous donner cette fleur.

Il reconnut la rose qu'il avait la veille reprise aux officiers allemands.

Aussitôt la fenêtre se referma et derrière la glace sombre Sanine ne distingua plus rien.

Il rentra chez lui sans chapeau et sans s'être aperçu que le vent le lui avait pris.

XXI

Il ne s'endormit que tard, sur le matin.

Sous le coup de cette soudaine bourrasque d'été, Sanine ressentit avec la même soudaineté, non que Gemma était la plus belle des femmes, ni qu'elle lui plaisait, il savait tout cela depuis longtemps ; mais il crut sentir qu'il l'aimait !

L'amour entra dans son cœur en coup de vent.

Et avant de penser à son amour, il faut qu'il se batte. Des pressentiments lugubres l'assaillirent. S'il était tué ?... A quoi peut conduire son amour pour cette jeune fille, la fiancée d'un autre ?

Oh ! ce fiancé n'est pas dangereux !... Il pres-

sentait que Gemma l'aimerait si elle ne
l'aimait déjà... Mais comment tout cela fini-
rait-il ?...

Il arpentait sa chambre, s'asseyait, prenait
une feuille de papier, écrivait quelques lignes
et les effaçait aussitôt.

Il voyait toujours l'admirable silhouette de
Gemma dans la sombre baie de la fenêtre, sous
la clarté des étoiles, dans le désordre où la jeta
la chaude bourrasque. Il revit ces bras mar-
moréens, ces bras de déesse de l'Olympe ; il
sentit sur ses épaules leur pression animée...

Puis il prit la rose qu'elle lui avait donnée,
et il lui parut que ces pétales à demi fanés
répandaient un parfum plus subtil, tout dif-
férent de celui des autres roses.

Et c'est à cette heure qu'il doit s'exposer à la
mort, revenir peut-être défiguré ?...

Sanine ne se coucha pas dans son lit, il s'endormit, tout habillé, sur le divan...

Une main toucha son épaule.

Il ouvrit les yeux et vit Pantaleone.

— Il dort comme Alexandre-le-Grand à la
veille de la bataille de Babylone, s'écria le
vieil Italien.

— Quelle heure est-il ? demanda Sanine.

— Sept heures moins un quart ; il faut compter deux heures de route d'ici à Hanau, et nous devons être les premiers sur le terrain. Les Russes préviennent toujours leurs adversaires. J'ai choisi la meilleure voiture de Francfort.

Sanine fit à la hâte sa toilette.

— Et où sont les pistolets ?

— Le *ferroflucto Tedesco* apportera les pistolets... et c'est lui qui s'est chargé d'amener un médecin.

Pantaleone cherchait à se maintenir au diapason de courage de la veille. Mais quand il fut dans la voiture avec Sanine, quand le cocher fit claquer son fouet et que les chevaux partirent au galop, l'ex-chanteur, l'ex-ami des dragons blancs de Padoue changea de contenance. Il se troubla, il eut même un peu peur... Quelque chose en lui s'effondrait comme un mur mal bâti.

— Pourtant que faisons-nous là, mon Dieu ! *Santissima Madonna!* cria-t-il d'une voix lamentable, en se prenant les cheveux! — Qu'est-ce que je fais là, vieil imbécile! *Fou frénético?*

Sanine fut d'abord un peu surpris et se mit à rire en passant légèrement le bras autour du vieillard.

— Le vin est tiré, dit-il, maintenant il faut le boire !

— Oui, oui, reprit Pantaleone, nous viderons ce calice... Mais cela n'empêche pas que je suis un fou, un fou, un fou ! Tout était si calme, tout allait si bien !... et tout à coup... ta-ta-ta, tra-ta-ta !...

— Comme le *tutti* dans l'orchestre, dit Sanine avec un sourire forcé... Puis ce n'est pas votre faute !...

— Je sais bien que ce n'est pas ma faute !... Je crois bien... Mais tout de même j'ai agi comme un insensé !... Diavolo ! diavolo ! répéta Pantaleone en secouant son toupet et avec force soupirs.

La voiture roulait, roulait toujours.

La matinée était très belle. Les rues de Francfort qui commençaient à peine à se peupler semblaient particulièrement propres et confortables, et les vitres des maisons brillaient chatoyantes comme du paillon. Dès que la voiture eut franchi la barrière, tout un chœur d'alouettes retentit haut dans le ciel bleu mais pas encore lumineux.

Tout à coup, au contour de la route derrière un haut peuplier, apparut une silhouette bien connue ; elle fit quelques pas et s'arrêta.

Sanine regarda plus attentivement.

— Mon Dieu ! c'est Emilio ! Mais sait-il quelque chose ? demanda-t-il à Pantaléone.

— Quand je vous dis que je suis fou ! cria désespérément l'Italien : — de toute la nuit ce malheureux garçon ne m'a pas laissé un instant de repos, et ce matin je lui ai tout avoué.

« Voilà *la segredezza !* » pensa Sanine.

La voiture eut bientôt rejoint Emilio. Sanine donna l'ordre d'arrêter et appela le « malheureux garçon ».

Emilio s'approcha en vacillant, aussi pâle que le jour de son accès... Il ne tenait pas sur ses pieds.

— Que faites-vous ici ? lui demanda Sanine. Pourquoi n'êtes-vous pas resté chez vous ?

— Permettez, permettez-moi de vous accompagner, demanda Emilio d'une voix qui tremblait et les mains suppliantes.

Les dents de l'enfant claquaient comme dans la fièvre.

— Je ne vous gênerai pas, prenez-moi avec vous...

— Si vous avez un peu de sympathie et de respect pour moi, dit Sanine, vous retournerez sur-le-champ chez vous, ou vous entrerez dans le magasin de M. Kluber. Vous ne soufflerez mot à personne... et vous attendrez mon retour.

— Votre retour ! gémit Emilio.

Sa voix devint larmoyante, il se tut et reprit :

— Mais si vous ?...

— Emilio, interrompit Sanine en indiquant le cocher... Emilio, songez à ce que vous faites... Ecoutez-moi, mon ami... je vous en prie, retournez chez vous... Vous dites que vous m'aimez... Eh bien, je vous le demande ?

Il tendit la main à l'enfant, qui s'élança en avant, et pressa en sanglotant la main de Sanine contre ses lèvres, puis il s'enfuit à travers champs dans la direction de Francfort.

— C'est aussi un noble cœur ! dit Pantaleone.

11

Mais Sanine lui jeta un regard de mécontentement.

Le vieillard se rencogna au fond de la voiture. Il se sentait coupable. Son étonnement allait toujours croissant. C'est donc vrai, se disait-il, je suis témoin ? C'est moi, Pantaleone, qui ai fait tous les préparatifs, trouvé les chevaux, et déserté mon paisible logis à six heures du matin ?

Au milieu de son agitation il commençait à ressentir des douleurs aux jambes.

Sanine jugea nécessaire de remonter son vieux compagnon et trouva le bon moyen.

— Où est votre courage d'antan ? cher Signor Cipatola ? demanda-t-il. Où est votre *antico valor ?*

Signor Cipatola se redressa.

— *Il antico valor*, répéta-t-il de sa voix de basse... n'est pas encore tout dépensé !

Il retrouva son port de *galant uomo*, et se mit à parler de sa carrière, de l'opéra, du grand ténor Garcia, — il arriva à Hanau complètement ragaillardi.

Il n'est rien en ce monde de plus fort ni de plus faible que la parole !

XXII

Le petit bois où devait avoir lieu le duel se trouvait à un quart de mille de Hanau.

Ainsi que Pantaleone l'avait prédit, ils arrivèrent les premiers ; ils laissèrent la voiture à l'entrée du bois et s'effacèrent dans l'ombre épaisse des grands arbres serrés.

Ils attendirent environ une heure.

Sanine ne trouva pas le temps long ; il se promenait dans le sentier écoutant le chant des oiseaux, suivant des yeux le vol des libellules, et selon l'habitude de la plupart des Russes en de semblables occasions, il s'efforçait de ne point penser.

Une fois seulement la réflexion s'imposa à

lui : il trouva au travers du sentier un jeune
tilleul renversé, brisé sans doute par la bourrasque de la veille... l'arbre mourait positivement... toutes ses feuilles se desséchaient.

— Serait-ce un présage ? demanda Sanine.
Il se mit aussitôt à siffler, sauta par-dessus le
tilleul et continua à suivre le sentier.

Pantaleone grondait, s'emportait contre les
Allemands, et se frottait le dos et les genoux.
L'émotion le faisait bâiller, ce qui donnait une
expression comique à son petit visage ratatiné.
Sanine avait de la peine à se tenir de rire en
le regardant.

Enfin les deux hommes entendirent un bruit
de roues sur la route unie.

— Les voici ! s'écria Pantaleone ; et il prêta
l'oreille au bruit, il redressa sa taille non sans
un frisson nerveux, qu'il se hâta de mettre sur
le compte de la fraîcheur de la matinée.

— Brrr !... il fait froid ce matin !

Une rosée abondante mouillait les herbes et
les feuilles, cependant la chaleur commençait
à pénétrer dans le bois.

Les deux officiers firent leur apparition peu
après ; ils étaient suivis par un petit homme

gros, au visage flegmatique, à moitié endormi.
C'était le médecin du régiment.

Il portait d'une main une cruche de terre
pleine d'eau à toute éventualité ; sur son
épaule gauche se balançait le sac contenant les
instruments de chirurgie et les bandes de pan-
sement. Il était facile de voir qu'il avait l'habitude de faire des promenades de ce genre, et que
ces courses matinales constituaient le meilleur de son revenu. Chaque duel lui rappor-
tait huit louis — quatre louis par combattant.

M. Von Richter portait l'étui renfermant les
pistolets. M. Von Daenhoff fa'sait tourner
dans sa main une cravache, évidemment pour
se donner *du chic*.

— Pantaleone, dit Sanine à voix basse... si
je tombe... tout peut arriver... prenez dans ma
poche un petit paquet... il contient une fleur...
vous remettrez ce paquet à la Signorina
Gemma. Vous comprenez ? Vous me le promettez ?

Le vieil Italien lui jeta un regard doulou-
reux et branla affirmativement la tête. Mais
Dieu sait s'il avait compris ce que Sanine lui
demandait.

11.

Les champions et les témoins échangèrent les saluts d'usage. Seul le médecin ne fronça même pas les sourcils, il s'assit sur l'herbe en bâillant d'un air de dire : « Je ne me soucie guère de ces simagrées de paladins. »

M. Von Richter proposa à M. *Tchibadola* de choisir le terrain... M. *Tchibadola* répondit en remuant avec difficulté la langue :

— Faites comme vous voulez, je regarderai.

M. Von Richter se mit alors à l'œuvre. Il découvrit dans la forêt une éclaircie couverte de fleurs multicolores ; il mesura les pas ; marqua les deux points extrêmes par deux morceaux de bois qu'il tailla sur place. Puis il sortit les pistolets de l'étui, et s'asseyant sur ses talons les chargea. En un mot il se donna beaucoup de peines, essuyant sans cesse son visage en sueur avec son mouchoir blanc.

Pantaleone le suivait pas à pas, il avait l'air de souffrir du froid.

Pendant ces préparatifs les deux rivaux se tenaient à distance et ressemblaient assez à des écoliers en pénitence qui boudent leurs gouverneurs.

Enfin le moment décisif arriva.

M. von Richter dit alors à Pantaleone, qu'en sa qualité de témoin le plus âgé, c'est à lui que revenait conformément aux lois du duel, le devoir, avant de donner le signal du combat un, deux, trois... d'inviter les champions à la réconciliation.

— Cette proposition n'est jamais acceptée, ajouta l'officier, mais en accomplissant cette formalité, M. Cipotola dégage en quelque sorte sa responsabilité. En général, ce devoir incombe au soi-disant « témoin impartial » mais puisque ce témoin nous fait défaut, je cède avec plaisir ce privilège à mon honorable collègue.

Pantaleone, qui avait réussi à s'abriter derrière un buisson pour ne pas voir l'insulteur, ne comprit rien d'abord au discours de M. von Richter, d'autant plus que le jeune officier l'avait baragouiné en nasillant.

Mais tout à coup il bondit de sa place, s'avança avec agilité, et se frappant convulsivement la poitrine, il cria d'une voix rauque dans son langage hybride :

— *A la la la... che bestialita! Deux zeun'*

*ommes comme ça qué se battono — perché? Che
Diavolo? Andate à casa!*

— Je n'accepte pas la réconciliation, se hâta
de dire Sanine.

— Et moi non plus, je ne veux pas de réconciliation dit von Daenhoff.

— Alors donnez le sigal : un, deux, trois,
dit von Richter à Pantaleone tout éperdu.

L'Italien retourna en toute hâte derrière
son buisson, et de là, courbé en deux, les yeux
à demi fermés, la tête détournée il cria la
bouche grande ouverte : *uno, duo et tre!*

Sanine tira le premier, mais manqua son
adversaire, la balle rebondit avec fracas sur
un tronc d'arbre.

Le baron Daenhoff tira tout de suite après
Sanine mais intentionnellement de côté et en
l'air.

Il y eut un moment de silence tendu... Personne ne bougea. Pantaleone poussa un soupir léger.

— Dois-je continuer? demanda Daenhoff.

— Pourquoi avez-vous tiré en l'air? demanda
Sanine.

— Cela ne vous regarde pas !

— Vous avez l'intention de tirer en l'air encore une fois? demanda de nouveau Sanine.

— Peut-être, je n'en sais rien.

— Permettez, permettez, messieurs, dit von Richter : les adversaires n'ont pas le droit de se parler sur le terrain... c'est contre les règles...

— Je renonce à mon second coup de pistolet, dit Sanine.

Il jeta l'arme à terre.

— Et moi non plus, je ne veux plus me battre! s'écria Daenhoff en jetant aussi son pistolet à terre.

— Maintenant, ajouta-t-il, je suis prêt à reconnaître que j'ai eu des torts l'autre jour.

Après un court moment d'hésitation il tendit d'un geste vague la main dans la direction de Sanine. Le jeune Russe s'approcha de son adversaire et lui serra la main.

Les deux jeunes gens se regardèrent avec un sourire sur le visage et tous deux rougirent.

— *Bravi! Bravi...* cria comme un fou Pantaleone en battant des mains, et il courut frémissant au buisson, tandis que le médecin, qui était resté de côté assis sur un tronc renversé, se leva, vida la cruche, et se dirigea d'un pas indolent vers la route.

— L'honneur est satisfait, et le duel est fini! déclara von Richter.

— *Fuori* (Fora!) cria encore Pantaleone par réminiscence de ses anciens rôles.

Après avoir échangé des saluts avec messieurs les officiers et être remonté en voiture, Sanine, s'il n'éprouva pas un sentiment de plaisir, se sentit tout au moins plus léger, comme après une opération chirurgicale. Mais en même temps une autre impression le bouleversa, vive comme un sentiment de honte. Ce duel dans lequel il venait de jouer un rôle, lui apparut comme quelque chose de faux, de conventionnel, de banal, une plaisanterie d'étudiant et d'officier. Il pensa au médecin flegmatique et se rappela comme il avait souri en les voyant, lui et le baron Daenhoff, après le duel, presque bras dessus, bras dessous... Il revit Pantaleone payant à ce même médecin les quatre louis... Non, non, tout cela n'était pas beau!

Sanine se sentait un peu honteux. Pourtant

comment aurait-il pu agir autrement? Pas moyen de laisser l'impertinence du jeune officier impunie? Il ne lui convenait pourtant pas de se conduire comme Kluber?

Il avait pris la défense de Gemma... Il l'avait vengée... Oui, oui... Tout de même son âme était trouble, un peu honteuse.

Quant à Pantaleone, il triomphait! Un sentiment d'orgueil s'était tout à coup emparé de lui. Un général victorieux ne regarde pas autour de lui avec plus de satisfaction !

La conduite de Sanine pendant le duel le grisait d'enthousiasme. Il le proclamait un héros! Il ne voulait entendre ni les protestations ni les instances du jeune homme. Il le comparait à un monument de marbre et de bronze — à la statue du commandeur dans le *Festin de Pierre*.

Il avouait que lui, Pantaleone, avait ressenti un peu d'émotion.

— Mais moi, je suis un artiste, j'ai un tempérament nerveux, mais vous!... Vous êtes un fils des neiges et des rochers de granit !

Sanine ne savait plus qu'imaginer pour calmer l'artiste qui s'exaltait de plus en plus.

Tout près de l'endroit où deux heures auparavant ils avaient rencontré Emilio, ils le
virent tout à coup surgir de derrière les arbres. L'enfant, agitant un chapeau en l'air,
avec des cris de joie, courut en bondissant
jusqu'à la voiture, et au risque de tomber sous
les roues, sans attendre que les chevaux
fussent arrêtés, sauta par-dessus la portière
dans le landau, et se serrant contre Sanine
s'écria d'une haleine :

— Vous vivez?... Vous n'êtes pas blessé...
Pardonnez-moi... je ne vous ai pas obéi... je
ne suis pas retourné à Francfort... c'était plus
fort que moi... Je vous ai attendu ici... Racontez-moi comment cela s'est passé?... Vous
l'avez tué?

Sanine eut de la peine à calmer l'éphèbe et à
le faire asseoir près de lui.

Pantaleone avec une grande volubilité et
un plaisir évident, détailla par le menu tous les
incidents du duel, et il n'oublia pas de comparer Sanine au monument de bronze et à la
statue du Commandeur! Puis il se leva, et,
les pieds écartés pour ne pas perdre l'équilibre,
les bras croisés sur sa poitrine, avec un re-

gard hautain jeté par-dessus l'épaule, il re-
présenta le commandeur Sanine.

Emilio écoutait dévotement, interrompant
parfois le récit par une exclamation, ou se levant d'un élan pour embrasser son héroïque ami.

La voiture roula sur le pavé de Francfort et
stoppa enfin devant l'hôtel de Sanine.

Il gravissait le deuxième étage accompagné
de ses deux amis, lorsque tout à coup de la
pénombre du couloir surgit à pas pressés une
femme, le visage voilé. Elle fit une pause devant Sanine, eut un léger balancement de tout
le corps, poussa un soupir haletant, et courut
dans la rue où elle disparut au grand étonnement du garçon d'hôtel, qui déclara que « cette
dame avait attendu pendant plus d'une heure
le retour de Monsieur. »

Bien que l'apparition fût très rapide, Sanine
avait reconnu Gemma. Il avait distingué les
yeux de la jeune fille sous l'épais tissu de soie
du voile couleur de cannelle.

— Est-ce que Fraülein Gemma se doutait de
quelque chose?... demanda-t-il en allemand
d'un air mécontent à Emilio et à Pantaleone
qui étaient toujours sur ses talons.

Emilio rougit et se troubla.

— J'ai été obligé de tout lui avouer, dit-il. Elle avait deviné... et je n'ai pas pu me taire... Et qu'est-ce que cela fait maintenant puisque tout a si bien tourné, et qu'elle vous a vu en bonne santé, sain et sauf?

Sanine se détourna.

— Cela n'empêche pas que vous êtes deux grands bavards, ajouta-t-il d'un ton de dépit.

Il entra dans son appartement et s'assit sur une chaise.

— Ne vous fâchez pas, je vous en prie? implora Emilio.

— Bon, je ne me fâcherai pas.

Sanine en effet n'était pas bien fâché... et au fond de son cœur il ne pouvait pas souhaiter que Gemma ne sût rien de ce qui s'était passé.

— Bien... bien... c'est assez s'embrasser... Laissez-moi seul... J'ai besoin de dormir... je suis fatigué.

— C'est une excellente idée, s'écria Pantaleone... Vous avez bien gagné votre repos, noble signore! Allons-nous-en, Emilio, sur la pointe des pieds! Chut!...

En disant qu'il voulait dormir, Sanine cherchait un prétexte pour se débarrasser de ses deux compagnons, mais dès qu'il fut seul, il ressentit réellement une grande fatigue dans tous les membres. La nuit précédente il n'avait pas fermé l'œil. Il se jeta sur son lit et s'endormit tout de suite profondément.

XXIII

Il dormit plusieurs heures sans se réveiller. Puis il rêva qu'il se battait de nouveau en duel et cette fois avec M. Kluber. Mais au-dessus de la tête de son rival, il aperçut sur un arbre un perroquet, et ce perroquet avait la tête de Pantaleone, et répétait d'un ton na-sillard : toc, toc, toc ! Toc, toc, toc !

— Toc, toc, toc, entendit nettement cette fois Sanine.

Il ouvrit les yeux et leva la tête... On frap-pait à sa porte.

— Entrez, cria-t-il.

Le garçon annonça qu'une dame tenait abso-lument à le voir.

« Gemma ! » pensa Sanine...

Ce ne fut pas Gemma, mais sa mère qui entra.

Frau Lénore se laissa choir sur une chaise et fondit en larmes.

— Qu'avez-vous, ma bonne, ma chère madame Roselli ? demanda Sanine.

Il s'assit près d'elle effleurant ses mains d'une pression amicale.

— Qu'est-il arrivé ? Calmez-vous, je vous en prie.

— Monsieur Dmitri, je suis très... très malheureuse !

— Vous êtes malheureuse ?

— Oh ! bien malheureuse ! Et pouvais-je m'y attendre ?... C'est arrivé tout à coup... Comme un éclair dans le ciel bleu...

Elle respirait péniblement.

— Mais qu'est-il arrivé ? Dites-le moi ? Voulez-vous un verre d'eau ?

— Non, je vous remercie.

Frau Lénore passa son mouchoir sur ses yeux et se remit à pleurer.

— Je sais tout... tout... dit-elle.

— Tout ? Que voulez-vous dire ?

— Tout ce qui s'est passé aujourd'hui... J'en

12.

connais aussi la cause ! Vous avez agi très no-
blement... Mais quel malheureux concours de
circonstances !... Ce n'est pas pour rien que
j'étais contre cette course à Soden...

Frau Lénore ne s'était nullement opposée à
cette partie de plaisir, mais en ce moment il
lui parut qu'elle avait eu des pressentiments.

— Je viens chez vous parce que je vous tiens
pour un homme plein de noblesse et un ami,
bien que je ne vous connaisse que depuis cinq
jours... Mais je suis veuve... je suis seule...
ma fille...

Les larmes étouffèrent la voix de la vieille
femme.

Sanine ne savait que penser de cette ouverture.

— Votre fille ?... dit-il.

— Ma fille Gemma, dit avec une sorte de
gémissement madame Roselli, sans retirer de
sa bouche son mouchoir tout imprégné de
larmes, — ma fille m'a déclaré aujourd'hui
qu'elle ne veut plus de M. Kluber pour fiancé,
et qu'aujourd'hui même je dois communiquer
sa décision à M. Kluber.

Sanine ne put réprimer un léger tressaille-

ment... Il ne s'attendait pas à cette nouvelle.

— Sans parler, continua Frau Lénore, que
c'est une honte pour la famille, que jamais
chose pareille ne s'est vue en ce monde : une
fiancée rompre avec son fiancé !... Mais pour
nous tous, monsieur Dmitri, c'est la ruine...

Frau Lénore roula soigneusement son mouchoir en un tout petit peloton, comme si elle
voulait y enfermer toute sa douleur.

— Nous ne pouvons plus vivre avec ce que
rapporte le magasin, continua-t-elle... et
M. Kluber est très riche... et il sera encore
plus riche !... Et pourquoi ne veut-elle plus
de lui ? Parce qu'il n'a pas pris la défense de
sa fiancée ?... J'admets que ce n'est pas très
joli... Mais M. Kluber est un civil... il n'a
jamais été étudiant... et en sa qualité de négociant sérieux il devait mépriser une légère gaminerie d'un petit officier, qu'il ne connaît
même pas... Et que voyez-vous là d'outra-
geant, monsieur Dmitri ?

— Permettez, Frau Lénore, je serais en droit
de penser que vous m'en voulez ?...

— Je ne vous en veux nullement, non ! Non,

c'est tout autre chose ; comme tous les Russes, vous êtes militaire...

— Pardon, je ne le suis pas du tout.

— Vous êtes un étranger, un touriste... Je vous suis très reconnaissante, continua madame Roselli sans écouter Sanine.

Elle avait des suffocations, gesticulait en tous sens... déroula de nouveau son mouchoir et s'essuya le nez. Rien qu'à la façon dont elle exprimait son chagrin, il était facile de reconnaître qu'elle n'était pas née sous un climat du Nord.

— Et comment M. Kluber pourrait-il faire du commerce s'il avait des duels avec ses clients ? C'est déraisonnable de le lui demander !... Et c'est à moi maintenant de le congédier ! Mais de quoi allons-nous vivre ? Autrefois nous étions seuls à faire la pâte de guimauve et le nougat aux pistaches... à présent tous les confiseurs font de la pâte de guimauve ! Songez à tout ce qu'on dira de votre duel dans la ville... Peut-on cacher un pareil esclandre !... Et avec cela un mariage rompu ! Mais c'est un véritable scandale, un véritable scandale ! Gemma est une belle jeune fille, — elle m'aime beaucoup, mais elle est républicaine et volontaire, elle brave l'opinion... Vous seul vous pouvez avoir de l'influence sur elle...

Sanine fut encore plus étonné.

— Moi, Frau Lénore?

— Oui, il n'y a que vous, que vous seul qui puissiez lui faire entendre raison... C'est pourquoi je suis venue vous voir... C'est la seule chose qu'il me reste à faire... Vous êtes savant, vous êtes brave... Vous avez pris sa défense... elle croira tout ce que vous direz... Elle *doit* vous écouter... Vous avez risqué votre vie pour elle !... Vous lui montrerez qu'elle va tous nous ruiner, à commencer par elle-même... Vous le lui ferez voir clairement... Vous avez déjà sauvé mon fils !... Vous sauverez aussi ma fille !... C'est Dieu lui-même qui vous a envoyé ici... Je suis prête à vous demander cette grâce à genoux.

Frau Lénore se souleva à demi sur sa chaise comme pour se jeter à genoux.

Sanine la retint.

— Frau Lénore ! de grâce !... Que faites-vous ?

Elle saisit convulsivement les mains du jeune homme.

— Vous me promettez?

— Mais, Frau Lénore, un moment... comment voulez-vous...?

— Non, promettez-moi? Vous ne voulez pas que je meure ici, à cette place, à vos pieds?

Sanine ne savait plus où il en était. Pour la première fois de sa vie il se trouvait aux prises avec le sang italien en ébullition.

— Je ferai tout ce que vous voudrez, dit-il. Je parlerai à Fraülein Gemma.

Frau Lénore poussa un cri de joie.

— Mais, bien entendu, je ne garantis pas le résultat de l'entrevue! ajouta Sanine.

— Oh! ne me refusez pas votre aide... Ne me la refusez pas, dit Frau Lénore d'une voix suppliante... J'ai votre promesse! Le résultat ne peut être que bon... En tout cas, moi je n'y peux plus rien... *moi*, elle ne m'écoute plus.

— Elle vous a déclaré catégoriquement qu'elle ne veut plus épouser M. Kluber? demanda Sanine, après un instant de silence.

— Elle a tranché la question comme avec un

couteau... Elle est tout le portrait de son père Giovanni Battista... Elle est terrible !

— Terrible ? — Fraülein Gemma ?...

— Oui, oui... mais en même temps elle est un ange... Elle vous écoutera... Vous allez venir, bientôt, n'est-ce pas ?... Oh ! mon cher ami, oh ! mon ami russe !

Frau Lénore se leva impétueusement et avec le même élan saisit la tête du jeune homme.

— Recevez la bénédiction d'une mère, et donnez-moi de l'eau !...

Sanine présenta à madame Roselli un verre d'eau, lui promit sur son honneur qu'il s'empresserait de la rejoindre, la reconduisit jusqu'à la rue, et revenu dans la chambre, se laissa aller à tout son étonnement.

« Voilà la vie qui commence à tourbillonner, pensa-t-il... Et quel tourbillon... la tête me tourne ! »

Il ne chercha pas à s'analyser ni à démêler ce qui se passait en lui.

« Quelle journée ! murmurèrent involontairement ses lèvres !... Sa mère dit qu'elle est terrible !... Et c'est moi qui dois lui donner des conseils... Et quels conseils?... »

La tête lui tournait littéralement... Et au-dessus de ce tourbillon de sensations si di-verses, de ces lambeaux de pensées qui l'ob-sédaient, planait sans cesse l'image de Gemma, cette image qui s'était gravée pour toujours dans sa mémoire pendant cette chaude nuit, troublée par l'électricité, à cette sombre fe-nêtre, sous la clarté des étoiles fourmillantes !

XXIV

Sanine s'approcha de la maison de madame Roselli d'un pas indécis. Il éprouvait des palpitations violentes; il sentait et entendait même nettement le battement de son cœur contre les côtes.

Qu'allait-il dire à Gemma? Comment entamerait-il la conversation?

Il fit le tour de la maison au lieu d'entrer par la confiserie. Dans l'étroite antichambre il rencontra Frau Lénore. Elle fut très contente et en même temps remplie d'appréhension.

— Je vous ai attendu, attendu!... dit-elle à voix basse... serrant les mains du jeune homme dans ses deux mains tour à tour... Allez dans le jardin... elle y est... N'oubliez

13

pas que j'ai mis en vous tout mon espoir !

Sanine entra dans le jardin.

Gemma était assise sur un banc dans une allée. Elle triait d'une grande corbeille de cerises les fruits les plus mûrs et les mettait dans une assiette.

Le soleil était à son déclin. Il était six heures passées, et dans les larges rayons obliques dont le soleil inondait le jardin, il entrait plus de pourpre que d'or.

Parfois, comme à mi-voix, et sans hâte, les feuilles murmuraient entre elles, et des abeilles retardataires bourdonnaient, voletant d'une fleur à l'autre ; au loin, une tourterelle roucoulait son chant monotone et infatigable.

Gemma était coiffée du même chapeau rond qu'elle avait mis pour aller à Soden.

Elle regarda Sanine à l'abri de l'aile repliée du chapeau et se pencha de nouveau sur sa corbeille.

En s'approchant de Gemma, Sanine ralentissait involontairement le pas, et, pour l'aborder, il ne trouva que cette question :

— Pourquoi faites-vous un triage parmi ces cerises ?

La jeune fille ne se pressa pas de répondre.

— Ces cerises-là sont plus mûres, dit-elle enfin, nous les réservons pour les confitures, les autres serviront pour les tartelettes. Vous savez bien... ces tartelettes saupoudrées de sucre que nous vendons.

Gemma baissa encore plus la tête, tandis que sa main droite restait en l'air entre la corbeille et l'assiette, et tenait deux cerises.

— Me permettez-vous de m'asseoir à côté de vous ? demanda Sanine.

— Volontiers.

La jeune fille fit un peu de place et Sanine s'assit près d'elle.

« Comment vais-je commencer ? pensa le jeune homme. » Mais Gemma le tira d'embarras.

— Vous vous êtes battu en duel aujourd'hui ? dit-elle vivement.

Elle leva vers lui son beau visage qui s'enflamma de honte... Mais quelle reconnaissance intense éclatait dans ses yeux !

— Et vous semblez si calme ! ajouta-t-elle. Le danger n'existe donc pas pour vous ?

— Mais je n'ai couru aucun danger... Tout

s'est passé le plus simplement du monde...

Gemma leva le doigt et le passa devant ses yeux de droite à gauche et de gauche à droite. C'est un geste italien.

— Non! non! ne dites pas cela! Vous ne me donnerez pas le change ! Pantaleone m'a tout raconté.

— Et vous croyez à cette histoire?... Ne m'a-t-il pas comparé à la statue du Commandeur?

— Ses expressions sont peut-être ridicules ; mais ses sentiments et votre conduite ce matin ne le sont pas... Et tout cela pour moi... pour moi... Je ne l'oublierai jamais.

— Je vous assure, Fraülein Gemma...

— Non, je ne l'oublierai jamais, continua-t-elle, en appuyant sur chaque syllabe.

Elle attacha de nouveau son regard sur le jeune homme, puis détourna la tête.

Il ne voyait en cet instant que son profil pur, et il lui parut qu'il n'avait encore rien vu d'aussi beau, ni ressenti ce qu'il éprouvait en ce moment.

« Et ma promesse? » se dit-il.

— Fraülein Gemma, reprit-il après un ins-tant d'hésitation.

— Eh bien ?

Elle ne tourna pas la tête de son côté, mais continua de trier les cerises... Elle les prenait délicatement du bout des doigts par la queue, en écartant soigneusement les feuilles.

Mais que de confiance caressante elle mettait dans ces deux mots : « Eh bien ? »

— Votre mère ne vous a rien dit au sujet...?

— Au sujet... ?

— Sur mon compte ?

Gemma versa tout à coup les cerises dans la corbeille.

— Elle vous a parlé ? demanda la jeune fille.

— Oui.

— Que vous a-t-elle dit ?

— Elle m'a dit que vous... que vous... que vous aviez subitement décidé de changer... vos intentions...

Gemma inclina de nouveau la tête... tout son visage disparut sous son chapeau ; on ne voyait plus que son cou souple et délicat, comme la tige d'une fleur.

— Quelles intentions ?

— Vos intentions... au sujet... de votre avenir...

13.

— Vous voulez dire au sujet de M. Kluber?

— Oui.

— Maman vous a dit que je ne désire pas devenir la femme de M. Kluber?

— Oui !

Gemma, en bougeant, imprima une secousse au banc, la corbeille pencha et se renversa... quelques cerises roulèrent dans l'allée... Une, deux minutes passèrent en silence.

— Pourquoi vous a-t-elle dit cela?

Sanine ne voyait toujours que le col de Gemma et l'ondulation plus rapide de sa poitrine.

— Pourquoi votre mère m'a dit cela?... Mais elle pense que, puisque nous sommes maintenant des amis... et que vous m'honorez de votre confiance, je peux vous donner un bon conseil... et que vous m'écouterez...

Les bras de Gemma glissèrent sur ses genoux... Elle se mit à chiffonner les plis de sa robe...

— Quel conseil me donnez-vous? demanda-t-elle après un moment d'attente.

Sanine remarqua que les doigts de Gemma tremblaient sur ses genoux et qu'elle chiffonnaît sa robe pour dissimuler ce tremblement...

Il posa doucement sa main sur les doigts pâles et tremblants de la jeune fille.

— Gemma, dit-il, pourquoi ne me regardez-vous pas ?

Elle rejeta à l'instant son chapeau en arrière sur sa nuque, et leva sur Sanine ses yeux confiants et pleins de gratitude, comme quelques instants auparavant.

Elle attendait les paroles du jeune homme... Mais, devant ce visage sincère, Sanine se troubla, il se sentit ébloui. Un chaud reflet du soleil du soir illuminait cette jeune tête italienne, et l'expression de ce visage était plus lumineuse, plus éclatante que la lumière même.

— Je suivrai votre conseil, monsieur Dmitri, dit-elle avec un faible sourire, et en relevant imperceptiblement les sourcils : mais quel conseil me donnez-vous ?

— Quel conseil ?... Votre mère croit que de refuser M. Kluber uniquement pour la raison qu'il n'a pas fait preuve de courage l'autre jour...

— Pour cette raison uniquement ? dit Gemma...

Elle se pencha en avant, ramassa la corbeille pour la poser sur le banc à côté d'elle.

— Mais qu'en tout cas, retirer votre main
n'est pas raisonnable... C'est une résolution
dont il faut bien calculer toutes les conséquences... Enfin, l'état de vos affaires impose,
à ce qu'il paraît, des obligations à chaque
membre de la famille...

— Tout cela, c'est l'opinion de maman... Je
connais cela... Ce sont ses paroles... Mais
vous... quelle est votre opinion?

— Mon opinion?...

Sanine ne put continuer, il sentait que son
gosier se serrait et qu'il étouffait.

— Je crois aussi... commença-t-il avec effort.

Gemma se redressa.

— Vous aussi? Vous croyez aussi...?

— Oui... c'est-à-dire...

Sanine, en dépit de ses efforts, ne put arti-
culer un mot de plus.

— C'est bien, dit Gemma; si vous, comme
ami, vous me donnez le conseil de changer
ma résolution... c'est-à-dire de revenir à mon
intention d'autrefois... alors, je réfléchirai...

Elle ne savait plus ce qu'elle faisait, et commença à remettre dans la corbeille les cerises qu'elle avait triées à part dans l'assiette.

— Maman espère que je vous écouterai... En effet... peut-être que je suivrai votre conseil...

— Mais, permettez, Fraülein Gemma, j'aurais voulu savoir d'abord quelles sont les raisons qui vous ont poussée...

— Je suivrai votre conseil, continua Gemma.

Ses sourcils se froncèrent, ses joues pâlirent; elle se mordilla la lèvre inférieure.

— Vous avez tant fait pour moi que je dois faire ce que vous me conseillez... je dois accepter votre volonté... Je dirai à maman que je veux réfléchir encore... Mais voici maman qui arrive à propos!...

En effet, Frau Lénore apparaissait sur le seuil de la porte de la maison ouvrant sur le jardin. Elle se mourait d'impatience; elle ne tenait plus en place. D'après ses calculs, Sanine devait depuis longtemps avoir terminé ses explications avec Gemma, bien qu'en réalité la conversation n'eût pas encore duré un quart d'heure.

— Non, non, de grâce, ne dîtes rien pour le moment à votre mère, s'écria Sanine avec une sorte d'effroi... Attendez... je vous dirai... je vous écrirai... et jusque-là ne prenez pas de décision... attendez ma lettre...

Il serra vivement la main de Gemma et se leva d'un bond. Au grand étonnement de Frau Lénore, il passa devant elle, leva son chapeau en murmurant des paroles incompréhensibles et disparut.

Madame Roselli s'approcha de sa fille.

— Je t'en prie, Gemma, explique-moi...?

La jeune fille, pour toute réponse, se leva et embrassa sa mère.

— Chère maman, voulez-vous, s'il vous plaît, attendre ma réponse encore un peu de temps... pas longtemps, jusqu'à demain... Je vous en prie... Jusqu'à demain vous ne me direz plus rien? Oh !...

Gemma fondit soudainement en larmes de joie, si spontanées, qu'elle-même ne les sentit pas venir.

Frau Lénore devint de plus en plus perplexe : Gemma pleurait et son visage n'était pas triste mais plutôt joyeux.

— Qu'as-tu? demanda-t-elle. Toi qui ne pleures jamais... qu'as-tu aujourd'hui...

— Ce n'est rien, maman, ce n'est rien !... Mais soyez patiente ! Nous devons attendre toutes les deux. Ne m'interrogez pas jusqu'à demain... Dépêchons-nous de trier ces cerises avant que le soleil soit couché...

— Et tu seras raisonnable ?

— Oh ! je suis très raisonnable.

Gemma branla significativement la tête.

Elle se mit en devoir d'attacher les petits bouquets de cerises en les tenant de façon à masquer son visage rougissant.

Elle n'essuya pas ses larmes qui avaient séché d'elles-mêmes.

XXV

Sanine rentra chez lui en courant.

Il sentait que c'était seulement lorsqu'il se serait retrouvé seul en présence de lui-même, qu'il pourrait enfin démêler ses sensations et comprendre ce qu'il voulait.

En effet, dès qu'il se trouva seul dans sa chambre, à peine fut-il assis devant sa table à écrire, qu'il plongea son visage dans ses mains et s'écria : « Je l'aime, je l'aime follement! » et toute son âme s'enflamma comme un tison qu'on vient de dégager de la cendre qui le recouvrait.

Au bout d'un instant il ne pouvait plus comprendre comment il avait pu se trouver à côté d'elle... lui parler, et ne pas sentir qu'il adore

le bord même de sa robe, qu'il est tout prêt,
comme disent les jeunes gens, à « mourir à ses
pieds ! »

Ce dernier rendez-vous dans le jardin avait
décidé de son sort. Maintenant, en songeant à
elle, il ne la voyait plus les cheveux épars,
sous la clarté des étoiles ; il la voyait assise
sur le banc, rejetant vivement son chapeau en
arrière pour le regarder avec cette confiance
absolue... et le frisson, le désir de l'amour
courait dans toutes les veines du jeune
homme.

Il se rappela la rose qu'il portait dans sa
poche depuis trois jours, il la prit dans ses
mains et la porta à ses lèvres avec une telle
fièvre d'ardeur qu'involontairement il se renfrogna de souffrance.

Il ne pouvait plus ni raisonner, ni penser,
ni prévoir, il se détacha de tout son passé et
fit un saut en avant ; il abandonna la rive triste
de sa vie solitaire de garçon pour plonger dans
un fleuve brillant, joyeux, puissant — et il se
sent heureux, il ne veut pas savoir où ce
fleuve le portera, ni si le courant ne le brisera
peut-être pas contre un rocher !

14

Les ondes calmes de la romance d'Uhland,
dont il se berçait il n'y a pas longtemps, ont
fait place à des vagues puissantes et impé-
tueuses ! Ces vagues dansent, courent en avant
et l'emportent dans leur tourbillon.

Sanine prit une feuille de papier, et sans la
moindre rature, d'un trait de plume, écrivit
la lettre suivante :

        « Chère Gemma !

» Vous savez quel conseil j'étais chargé de
vous donner ; vous connaissez le vœu de votre
mère et vous savez ce qu'elle attendait de moi,
— mais ce que vous ne savez pas, et ce que je
dois vous dire maintenant, c'est que je vous
aime, je vous aime de toute la passion d'un
cœur qui aime pour la première fois ! Ce feu
est descendu si soudainement et avec une
telle violence que je ne trouve pas de paroles !
Quand votre mère est venue me voir, ce feu
ne faisait encore que couver dans mon cœur,
— sans quoi mon devoir d'honnête homme
m'aurait fait refuser de me charger de la mission qu'elle m'a confiée... L'aveu que je vous
fais est l'aveu d'un honnête homme... Vous

devez savoir qui vous avez devant vous —
entre nous il ne doit pas exister de malenten-
dus. Vous voyez que je ne suis pas capable de
vous donner un conseil... Je vous aime, je
vous aime, je vous aime — et cet amour remplit seul mon cerveau, mon cœur!!

» DMITRI SANINE. »

Le jeune homme plia la lettre et la cacheta .
Il allait sonner pour le garçon lorsqu'il se ra-
visa :

« Non, ce ne serait pas adroit. Si je pouvais
envoyer ma lettre par Emilio ? »

Pourtant il ne pouvait pas aller chercher
Emilio dans le magasin de M. Kluber au milieu des autres employés ? D'ailleurs il faisait
déjà nuit et le jeune garçon devait être rentré
chez lui.

Tout en se livrant à ces réflexions, Sanine
prit son chapeau et sortit de l'hôtel ; il enfila
une rue puis une autre, et à sa grande joie
aperçut Emilio. Un portefeuille sous le bras,
un rouleau de papier à la main, le jeune enthousiaste pressait le pas pour rentrer chez
lui.

« Il est donc vrai que tous les amoureux
ont leur étoile ! » pensa Sanine, et il appela le
jeune homme.

Emilio se retourna et courut au-devant de
son ami.

Sanine lui remit la lettre et lui expliqua à
qui il devait la porter.

Emilio l'écouta très attentivement.

— Personne ne doit le savoir? demanda-t-il
en prenant un air mystérieux et significatif.

— C'est ça, mon petit ami, répondit Sanine
un peu confus.

Il tapota la joue d'Emilio.

— S'il y a une réponse, vous me l'apporterez,
n'est-ce pas? Je resterai chez moi.

— Comptez sur moi! dit gaîment Emilio, et
il s'éloigna rapidement.

En route il se retourna et fit encore un signe
de tête.

Sanine rentra dans sa chambre, et sans al-
lumer la bougie, se jeta sur le canapé, joignit
les mains derrière la tête, et s'abandonna aux
sensations du premier amour, qu'il n'est pas
utile de décrire ici; celui qui les a ressenties
connaît leurs tourments et leur volupté; à

celui qui ne les connaît pas, on ne saurait les faire deviner.

La porte s'entr'ouvrit et laissa passer la tête d'Emilio :

— J'apporte une réponse... dit-il à voix basse... La voici...

Il agita une lettre au-dessus de sa tête.

Sanine s'élança de son canapé et arracha la lettre des mains d'Emilio.

La passion dominait entièrement le jeune homme. Il n'était plus capable de songer aux convenances, ni de garder le secret de son amour... S'il avait été susceptible de réflexion, il se serait contenu devant cet enfant, le frère de Gemma.

Il s'approcha de la fenêtre, et à la lumière du réverbère qui se trouvait en face de la fenêtre, il lut les lignes suivantes :

« Je vous prie, je vous implore *de ne pas venir chez nous demain, et de ne pas vous montrer chez nous de toute la journée.* Il le faut, il le faut absolument. — Après, tout sera décidé... Je sais que vous ne me désobéirez pas, parce que... Gemma. »

Sanine relut deux fois ce billet. Oh ! que l'é-

criture de Gemma lui parut belle et tou-
chante !...

Après quelques instants de réflexion il appela à haute voix Emilio, qui, pour témoigner
de sa discrétion, s'était tourné du côté du mur
qu'il lacérait du bout de son ongle.

— Que désirez-vous ? dit le jeune homme en
courant vers Sanine.

— Ecoutez-moi, mon cher ami.

— Monsieur Dmitri, interrompit Emilio
d'une voix suppliante ; pourquoi ne me dites-
vous pas : *tu ?*

Sanine se mit à rire.

— Bien, bien... Ecoute, mon cher petit
ami... *Là-bas*, tu me comprends ?... Tu diras
que je ferai tout ce qu'on me demande... Et
toi... Qu'est-ce que tu fais, demain ?

— Ce que je fais ? Rien. Mais je ferai tout ce
que vous voudrez.

— Eh bien, si tu le peux, viens ici de bonne
heure... Et nous nous promènerons ensemble
jusqu'au soir dans la campagne... Cela te va-
t-il?

Emile fit des sauts de joie.

— Mais peut-il y avoir quelque chose de plus

délicieux en ce monde? Me promener avec
vous... Mais c'est parfait !... Pour sûr, je viendrai !...

— Et si l'on ne te laisse pas venir?

— On me laissera...

— Ecoute !... Ne dis pas là-bas que je t'ai in-
vité pour toute la journée...

— A quoi bon dire cela ?... Je viendrai sans
en souffler mot à personne... Le grand mal!

Emilio embrassa Sanine avec effusion et
partit...

Sanine arpenta longtemps sa chambre et se
coucha tard.

Il se livra de nouveau à ces sentiments doux
et pénibles à la fois, à ces ivresses joyeuses
qui assaillent à la veille d'une nouvelle vie.

Sanine était fort content d'avoir eu l'idée
d'inviter Emilio à passer la journée avec lui.
Le jeune garçon ressemblait à sa sœur.

— Il me la rappellera ! pensa Sanine.

Ce qui frappait le plus Sanine, c'était le
brusque changement qui s'était opéré en lui.
Il lui semblait qu'il avait toujours aimé
Gemma — et de ce même amour qu'il éprouvait en ce jour.

XXVI

Le lendemain à huit heures du matin, Emilio se présenta chez Sanine, tenant Tartaglia en laisse. Il n'aurait pas pu se montrer plus exact s'il était né de parents teutons.

Il avait fait un conte à sa famille en déclarant qu'il se promènerait avec Sanine jusqu'au déjeuner et qu'ensuite il irait au magasin.

Pendant que Sanine s'habillait, Emilio commença, avec hésitation, il est vrai, à lui parler de Gemma et de sa brouille avec Kluber, mais Sanine ne releva pas ces remarques et parut mécontent. Emilio prit alors un air entendu, pour montrer qu'il comprenait pourquoi il ne faut pas toucher légèrement à cette importante question, et ne se permit aucune allusion, seulement affectant de temps en temps des mines réservées et même graves.

Après avoir pris le café, les deux amis se mirent en route, à pied, pour Hausen, un petit village, situé à peu de distance de Francfort et entouré de forêts. De là, on découvre toute la chaîne du Taunus.

Le temps était beau, le soleil brillait, flamboyait, mais ne rôtissait pas... Un vent frais bruissait avec vivacité dans le feuillage vert. Sur la terre passait lestement et sans rencontrer d'obstacle l'ombre de grands et hauts nuages arrondis.

Les jeunes gens furent bientôt hors de l'enceinte de la ville, et avancèrent rapidement et gaîment sur la route soigneusement entretenue. Ils dévièrent dans les bois, où ils marchèrent pendant longtemps à l'aventure ; puis ils firent un copieux déjeuner chez un traiteur du village. Ensuite ils s'amusèrent à grimper les pentes de la montagne, admirant les points de vue et prenant plaisir à jeter en bas des pierres, trouvant très drôle de les voir rouler et rebondir comme des lapins ; ils continuèrent cet exercice jusqu'à ce qu'un pro-

meneur qui passait au-dessous d'eux se mit
à les injurier d'une voix forte et vibrante.

Après ils s'allongèrent sur la mousse courte
et sèche d'un jaune violacé, puis ils burent de
la bière chez un autre traiteur, ensuite ils se
mesurèrent à un steeple-chase, pariant à qui
irait le plus vite et sauterait le plus haut.

Ils découvrirent un écho et entrèrent en
conversation avec lui, puis ils se mirent à
chanter et à jouer à cache-cache en s'appelant
par des cris. Ils luttèrent ensemble, cassèrent
des branches, ornèrent leurs chapeaux de
feuilles de fougère et esquissèrent même des
pas de danses.

Tartaglia prenait part à ces ébats selon ses
moyens et ses capacités ; il ne lançait pas des
pierres, mais il courait après et se roulait à
leur suite comme une toupie ; il hurlait quand
les jeunes gens chantaient, et même pour leur
tenir compagnie, il but de la bière avec un
dégoût manifeste. Il tenait ce talent d'un étudiant allemand à qui il avait appartenu dans
le temps. D'ailleurs, il n'obéissait guère à Emilio, beaucoup moins qu'à son véritable maître
Pantaleone ; ainsi quand Emilio lui disait de

« parler » ou de « lire », il se contentait de remuer la queue et de tirer la langue en trom-
pette.

Les jeunes gens avaient pourtant trouvé le
loisir d'aborder des sujets philosophiques. Au
début de la promenade, Sanine, en sa qualité
d'aîné et d'homme raisonnable, avait amené
la conversation sur la nature du fatum et l'objet de la mission de l'homme sur la terre, mais
l'entretien ne resta pas longtemps à ce diapason.

Emilio trouva plus intéressant d'interroger
son ami sur la Russie, lui demandant comment
on s'y battait en duel, s'il y avait de belles
femmes en Russie, si le russe est une langue
facile à apprendre, et quelles impressions il
avait ressenties au moment où l'officier l'avait
visé ?

Sanine, de son côté, questionna le jeune
homme sur sa mère, sur son père, sur leurs
affaires de famille en général, s'efforçant de ne
pas mentionner le nom de Gemma mais pen-
sant à elle tout le temps.

A vrai dire, ce n'est pas à Gemma elle-même
qu'il pensait, mais au lendemain, à ce lende-

main inconnu qui devait lui apporter le
bonheur, le bonheur idéal, suprême !

Il lui semblait qu'une gaze fine, légère, s'é-
tendait sur son horizon intellectuel, et derrière
cette gaze qui flotte mollement, il sent... il
sent la présence d'un jeune visage divin, immobile, avec un sourire caressant sur ses
lèvres, et les paupières baissées, pour simuler
la sévérité... Et ce visage n'est pas le visage de
Gemma, c'est le bonheur lui-même !...

Enfin son heure sonne ! Le rideau se lève,
les lèvres s'entr'ouvrent, les paupières se
lèvent, la divinité apparaît, et une lumière ra-
dieuse, et la joie, l'extase infinie...

Il pense à ce jour de demain et son âme se
noie de nouveau dans l'angoisse de l'attente
frémissante.

Mais cette attente et cette angoisse ne l'empêchent en rien... ne l'empêchent ni de dîner
bien avec Emilio dans un troisième restaurant... Et ce n'est que par instants que jaillit
en lui comme un éclair cette idée : « Si quelqu'un savait ! ! »

L'attente ne l'a pas empêché non plus de
jouer avec Emilio au cheval fondu... en plein

air, au milieu d'un pré. Aussi quelle ne fut pas la mortification de Sanine, lorsque, les jambes écartées et volant comme un oiseau par-dessus le dos d'Emilio accroupi, il se retourna aux aboiements furieux de Tartaglia, et aperçut au bord du pré deux officiers ; il reconnut d'emblée son adversaire de la veille et son témoin, MM. Daenhoff et von Richter.

Les officiers, le monocle à l'œil, le regardèrent et sourirent...

Sanine se redressa aussitòt, et se détournant s'empressa de remettre vivement son par-dessus en invitant Emilio à suivre son exemple, et tous les deux se remirent immédiatement en route.

Il était tard, lorsqu'ils rentrèrent à Francfort.

— On va bien me gronder, dit Emilio à Sanine en prenant congé de lui, mais, tant pis ! Quelle délicieuse journée j'ai passée avec vous !

A son retour à l'hôtel, Sanine trouva un billet de Gemma.

La jeune fille lui donnait rendez-vous pour le lendemain matin, à sept heures, dans un des jardins publics si nombreux à Francfort.

15

Comme le cœur de Sanine battit ! Avec quel
bonheur, sans une minute d'hésitation il obéit
à Gemma.

Et quelles joies inexprimables ce lendemain
unique, inespéré et certain ne lui promettait-il
pas?

Sanine couva des yeux le billet de Gemma.

La longue et élégante queue de la lettre G
dont l'initiale se trouvait en haut de la feuille
lui rappelait les doigts élégants et la main de
Gemma...

Il songea tout à coup qu'il n'avait pas encore une seule fois effleuré cette main de ses
lèvres.

Les Italiennes, pensa-t-il, contrairement à
l'opinion générale, sont chastes et sévères...
Quant à Gemma elle l'est encore plus que
toutes les autres...

Oh! reine... déesse, marbre virginal et
pur!...

« Mais le temps viendra... il n'est pas éloigné... »

Cette nuit il y eut à Francfort un homme
heureux... Il dormait ; mais il aurait pu répé-
ter les paroles du poète :

Je dors... mais mon cœur veille.

Son cœur battait mais si légèrement, comme bat l'aile d'un papillon suspendu à une fleur et baigné de lumière par le soleil d'été !

XXVII

A cinq heures du matin Sanine était déjà
réveillé ; à six heures il était tout habillé et à
six heures et demie, il se promenait dans le
jardin non loin d'un petit pavillon que Gemma
avait indiqué dans son billet.

La matinée était calme, tiède et grise. Par
moments il semblait qu'il allait pleuvoir ; cependant en étendant la main on ne sentait
rien, bien qu'il fût possible de distinguer sur
la manche du pardessus de minuscules gout-
telettes, de la grosseur de perles de verre toutes
menues.

Pas plus de vent que si ce phénomène n'a-
vait jamais existé.

Les sons ne s'envolaient pas mais se répan-

daient dans l'air. Dans le lointain une vapeur
blanche s'épaississait lentement; l'air était
embaumé du parfum des résédas et des fleurs
d'acacias.

Les boutiques n'étaient pas encore ouvertes,
mais déjà l'on apercevait des piétons dans la
rue; de temps en temps une voiture isolée
roulait bruyamment... Il n'y avait pas de promeneurs dans le jardin.

Le jardinier, sans se presser, ratissait les
allées, et une toute vieille femme enveloppée
d'un manteau de drap noir passa en boitant.
Sanine ne pouvait pas un instant prendre cet
être rabougri pour Gemma, et pourtant son
cœur eut un battement insolite, et il suivit des
yeux avec intention cette forme noire qui s'effaçait.

L'horloge de la tour sonna sept heures. Sanine s'arrêta.

« Se pourrait-il qu'elle ne vienne pas? »

Un frisson d'effroi courut dans tous ses
membres.

Le même frisson de crainte le secoua de
nouveau, l'instant d'après, mais cette fois pour
une cause bien différente.

15.

Sanine avait entendu derrière lui des pas
légers, le frôlement d'une robe de femme... Il
se retourna : c'était elle !

Gemma se trouvait dans l'allée, un peu derrière lui. Elle portait une mantille grise et un
petit chapeau sombre. Elle jeta un regard sur
Sanine, puis tourna la tête de l'autre côté —
enfin, arrivée près du jeune homme, elle pressa
le pas et le devança.

— Gemma ! dit-il à voix très basse.

Elle hocha légèrement la tête et marcha devant elle.

Il la suivit.

La poitrine de Sanine haletait et ses jambes
se dérobaient sous lui.

Gemma dépassa le pavillon et prit à droite,
contourna le bassin bas, dans lequel un moi-
neau se baignait affairé, puis faisant le tour
d'un massif de lilas se laissa tomber sur un
banc placé derrière.

C'était un coin abrité et discret. Sanine s'assit à côté de la jeune fille.

Une minute passa pendant laquelle ni l'un
ni l'autre ne prononça une parole ; elle ne
tournait pas les yeux sur son compagnon, et

lui ne regardait pas le visage de la jeune fille, mais ses mains jointes qui tenaient une petite ombrelle.

De quoi auraient-ils pu parler? Que pouvaient-ils se dire qui fût aussi éloquent que le fait de leur présence en cet endroit, au rendez-vous, de si bon matin, et tout près l'un de l'autre?

— Vous n'êtes pas fâchée contre moi ? murmura enfin Sanine.

Il eût été difficile de dire quelque chose de plus bête... Sanine le sentait lui-même... Mais au moins le silence était rompu...

— Moi ?... fâchée? dit-elle... Pourquoi?... Non...

— Et vous croyez?... reprit-il.

— Ce que vous m'avez écrit?

—Oui !

Gemma baissa la tête et ne répondit pas. L'ombrelle glissa de ses mains, mais fut ressaisie avant de tomber à terre.

— Oui, ayez confiance en moi, croyez à ce que je vous ai écrit ! dit Sanine.

Toute sa timidité s'évanouit et il parla avec feu.

— S'il y a quelque chose de vrai en ce monde, quelque chose de sacré, c'est mon amour pour vous. Je vous aime passionné-ment, Gemma.

Elle jeta de côté sur lui un furtif regard et de nouveau fut sur le point de laisser tomber son ombrelle.

— Croyez-moi, croyez-moi, cria Sanine.

Il l'implorait, tendait les mains vers elle et n'osait pas toucher les doigts de la jeune fille.

— Dites-moi ce que je dois faire pour vous convaincre ?

Elle le regarda de nouveau.

— Dites-moi, monsieur Dmitri, lorsqu'il y a trois jours vous êtes venu pour me donner un conseil... vous ne saviez pas encore... vous ne sentiez pas encore...

— Je le sentais, dit Sanine, mais je ne le savais pas encore... Je vous ai aimée du pre-mier moment où je vous ai vue, — mais je ne me suis pas tout de suite rendu compte de ce que vous êtes devenue pour moi ? Puis on m'a-vait dit que vous étiez fiancée... Pouvais-je refuser à votre mère la mission dont elle vou-

lait me charger?... enfin il me semble que je
vous ai conseillée de façon à vous permettre
de deviner...

Des pas lourds résonnèrent... Un monsieur
assez fort, un sac de voyage en sautoir, évidemment un touriste, sortit de derrière le
massif après avoir, avec le sans-façon d'un
étranger qui ne fait que passer, observé le
couple, toussa à haute voix, et passa son chemin...

— Votre mère, reprit Sanine, dès que le bruit
des pas lourds se fut éteint, m'a dit que si
vous congédiiez votre fiancé cela ferait du
scandale... que j'ai en quelque sorte donné
prétexte aux commérages... et que... il est de
mon devoir de vous engager à réfléchir avant
de repousser votre fiancé, M. Kluber.

— Monsieur Dmitri, dit Gemma en passant
la main sur ses cheveux du côté de Sanine : — n'appelez plus jamais M. Kluber
mon fiancé... Je ne serai jamais sa femme...
Il le sait.

— Vous le lui avez dit? Quand?

— Hier.

— A lui personnellement?

— A lui personnellement... à la maison... Il
est venu hier.

— Gemma! vous m'aimez donc?

Elle se tourna vers lui :

— Sans cela, serais-je ici? dit-elle.

Les deux mains de la jeune fille retombèrent
sur le banc. Sanine s'empara de ces deux
mains inertes qui reposaient les paumes en
l'air et les pressa contre ses yeux et sur ses
lèvres.

Le rideau qui la veille voilait l'avenir s'était
levé haut... Là était le bonheur, c'était bien
son visage rayonnant !

Sanine leva la tête et regarda Gemma en
face sans aucune crainte. La jeune fille avait
aussi, en baissant les paupières, posé les yeux
sur lui. Le regard de ces yeux à demi-clos lançait une faible lumière, voilée par les larmes
douces du bonheur. Le visage de Gemma ne
souriait pas... non ! Il riait d'un rire muet,
l'épanouissement du bonheur.

Sanine voulut attirer la jeune fille sur sa
poitrine, mais elle se retourna et sans cesser
de rayonner de ce rire muet, secoua négative-
ment la tête.

« Patience, patience ! » semblaient dire ces yeux emplis de bonheur.

— Oh ! Gemma ! cria Sanine, pouvais-je espérer que tu m'aimerais un jour ?

Le cœur du jeune Russe vibra comme une corde tendue quand ses lèvres prononcèrent pour la première fois ce mot : « tu ».

— Je ne le croyais pas non plus, dit doucement Gemma.

— Pouvais-je deviner, continua Sanine, pouvais-je deviner en arrivant à Francfort, où je croyais ne passer que quelques heures, que je trouverais ici le bonheur de ma vie entière ?

— De ta vie entière ? Est-ce vrai ? demanda Gemma.

— De ma vie entière, pour toujours, et à jamais ! cria Sanine avec un nouvel élan.

Le rateau du jardinier remuait le gravier à deux pas du banc sur lequel les deux jeunes gens se trouvaient.

— Allons-nous-en, rentrons chez moi...., veux-tu ? proposa Gemma.

Si, à cet instant, elle eût dit à Sanine : « Jette-toi dans la mer... *veux-tu ?* » il se serait lancé dans l'abîme sans lui donner le temps d'achever sa phrase.

Ils sortirent ensemble du jardin et se dirigèrent vers la confiserie en suivant le faubourg pour éviter les rues de la ville.

XXVIII

Sanine marchait tantôt à côté de Gemma,
tantôt un peu en arrière. Il ne la quittait pas
des yeux et souriait sans cesse. Elle semblait
quelquefois presser le pas et à d'autres moments ralentir sa marche. Et l'un et l'autre,
lui tout pâle, et elle toute rose d'émotion,
ils avançaient comme dans un rêve.

Ce qui venait de se passer entre eux quelques instants auparavant, cette union mutuelle
de leur âme était si soudaine, si nouvelle et
si oppressive ; leur vie venait de subir un
changement, un déplacement si imprévu,
qu'ils ne pouvaient se rendre compte de ce qui
leur arrivait, et se sentaient emportés par un
tourbillon, comme celui qui les avait un soir

presque jetés dans les bras l'un de l'autre.

Sanine, tout en marchant, se disait qu'il voyait Gemma sous un nouvel aspect : il remarquait certaines particularités dans sa démarche et dans ses mouvements, et que tous ces riens lui devenaient chers, qu'il les trouvait exquis !

Et Gemma avait conscience de l'impression qu'elle faisait sur lui.

Ces jeunes gens aimaient pour la première fois ; tous les miracles du premier amour s'accomplissaient en eux.

. Le premier amour, c'est une révolution ! Le va-et-vient monotone de l'existence est rompu en un instant ; la jeunesse monte sur la barricade, son drapeau éclatant flotte très haut, et quel que soit le sort qui lui est réservé — la mort ou une vie nouvelle — elle envoie à l'avenir ses vœux extatiques.

— Tiens! on dirait que c'est notre vieux, s'écria Sanine en indiquant du doigt une forme drapée qui côtoyait rapidement le mur et avait l'air de vouloir passer inaperçue.

Au milieu de cet océan de bonheur, Sanine éprouvait le besoin de parler à Gemma, non

pas d'amour, — cet amour était chose enten-
due, sacrée, — mais de sujets indifférents.

— Oui, c'est Pantaleone, dit Gemma heureuse et gaie. Il m'aura sans doute suivie...
déjà hier il était toute la journée sur mes
talons... Il a deviné...

— Il a deviné !

Sanine répétait avec ivresse les paroles de
Gemma.

D'ailleurs qu'aurait pu dire Gemma qui ne
l'eût pas jeté en extase?

Le jeune homme pria Gemma de lui raconter en détail tout ce qui s'était passé la
veille.

Gemma commença son récit avec précipitation, s'embrouillant, s'interrompant pour sourire et pousser de légers soupirs, en échan-
geant avec son interlocuteur de rapides
regards lumineux.

Elle lui raconta qu'après la discussion qu'elle
avait eue avec sa mère deux jours auparavant,
madame Roselli avait voulu lui arracher une
réponse définitive, mais elle était parvenue à
lui faire prendre patience jusqu'au lendemain
dans la journée. Ce sursis n'avait pas été facile

à obtenir, mais enfin elle avait fini par l'emporter.

Là-dessus survint la visite inopinée de M. Kluber. Plus empesé, plus raide que jamais, le premier commis se mit à déverser toute son indignation sur l'impardonnable gaminerie du Russe, si profondément blessante pour l'honneur de M. Kluber!

— La gaminerie, expliqua Gemma, c'était *ton* duel... et il voulait exiger de maman qu'elle te ferme notre porte, parce que — Gemma imita l'intonation et les gestes de Kluber — « la conduite de ce Russe jette une ombre sur mon honneur! Comme si je n'aurais pas su prendre moi-même la défense de ma fiancée, si je l'avais jugé utile ou nécessaire? Tout Francfort saura demain qu'un étranger s'est battu avec un officier à cause de ma fiancée... A quoi cela ressemble-t-il? Cela jette une tache sur mon honneur... »

— Peux-tu te figurer que maman était de son avis?... Alors tout à coup je lui ai déclaré qu'il avait tort de s'inquiéter pour son honneur et sa personne, et qu'il ne devait pas prendre ombrage au sujet des commérages

qui pouvaient circuler sur le compte de sa
fiancée, parce que je n'étais plus sa fiancée, et
je ne serais jamais sa femme...

— Le fait est que j'avais l'intention de te
parler avant de rompre définitivement avec
lui... mais il était là... et c'était plus fort que
moi... Maman a poussé un cri d'horreur, pendant que je sortais de la chambre. Ensuite je
suis rentrée pour rendre à M. Kluber l'anneau
des fiançailles... Il était profondément blessé,
mais comme il est très égoïste et très vani-
teux, il n'a pas fait de longs commentaires, et
il est parti...

» Tu comprends tout ce que j'ai souffert à
cause de maman... cela m'a fait beaucoup de
peine de voir son chagrin... Je me disais déjà
que j'avais été peut-être un peu trop pressée...
mais j'avais ta lettre... Puis sans cette lettre,
je savais...

— Que je t'aime? dit Sanine.

— Oui, que tu commençais à m'aimer.

Gemma raconta tout cela en bredouillant un
peu, avec le même sourire, et baissant la voix
ou se taisant tout à fait chaque fois qu'un passant venait à sa rencontre ou s'approchait d'elle.

16.

Sanine écoutait Gemma avec ravissement, buvant le son de sa voix comme la veille il s'était émerveillé de son écriture.

— Maman est très contrariée, reprit Gemma avec volubilité, — elle ne comprend pas comment il se fait que M. Kluber m'est devenu insupportable, elle ne comprend pas que je l'ai accepté non par amour, mais parce que j'ai cédé à ses instances... Elle vous soupçonne... c'est-à-dire toi... elle est persuadée que je t'aime... et ce qui l'afflige le plus, c'est de penser qu'elle ne s'en est pas doutée et que la veille elle est allée te prier de m'influencer... C'était une étrange mission, n'est-ce pas? Maintenant elle prétend que vous êtes un sournois, que vous avez abusé de sa confiance... et elle me prédit que vous me tromperez...

— Comment, Gemma, s'écria Sanine, tu ne lui as pas dit?...

— Je ne lui ai rien dit! De quel droit lui aurais-je dit, avant d'avoir parlé avec vous?

Sanine battit des mains.

— Gemma! J'espère que maintenant tu vas lui dire tout... Tu vas me conduire près d'elle...

Je veux prouver à ta mère que je ne suis pas
un trompeur...

La poitrine de Sanine se soulevait sous un
flot de sentiments généreux et enthousiastes.

Gemma le regardait avec scrutivité.

— Est-ce vrai ? Vous voulez tout de suite
venir avec moi près de maman ?... Devant
maman qui déclare que tout cela est impossible... que cela ne se réalisera jamais ?

Il y avait un mot que Gemma ne pouvait
pas se décider à prononcer, bien qu'il lui brû-
lât les lèvres. Sanine fut d'autant plus heureux
de le prononcer lui-même.

— Mais devenir ton mari, Gemma, je ne
connais pas de bonheur comparable !

Il n'y avait plus de bornes à son amour, à
sa grandeur d'âme ni à ses résolutions.

Gemma, qui avait fait une pause, après ces
paroles pressa le pas.

On eût dit qu'elle voulait fuir ce bonheur
trop grand, trop soudain.

Mais tout à coup ses jambes vacillèrent. Du
coin d'une ruelle, à quelques pas d'eux, M. Kluber surgit, coiffé d'un chapeau neuf, droit
comme une flèche et frisé comme un caniche.

Il vit Gemma et reconnut Sanine ; avec un ricanement intérieur, il cambra sa taille svelte et marcha au-devant du couple.

Le premier mouvement de Sanine fut du dédain, mais quand il regarda le visage de Kluber, qui s'efforçait de revêtir une expression d'étonnement, de mépris et de compassion, la vue de ce visage vermeil, banal, fit bouillonner la colère de Sanine, et le jeune homme fit quelques pas en avant.

Gemma saisit la main de Sanine et la serrant avec une dignité résolue elle regarda en face son ancien fiancé.

M. Kluber cligna des yeux, se fit petit, et passa vite à côté des jeunes gens en murmurant entre ses dents : « C'est ainsi que finit la chanson », et s'éloigna de son allure sautillante de dandy.

— Qu'a-t-il dit, l'insolent ? demanda Sanine.

Il voulut courir après Kluber, mais Gemma le retint et l'entraînant avec elle, garda son bras posé sous celui du jeune homme.

Peu après ils aperçurent la confiserie. Gemma fit de nouveau une pause.

— Dmitri, Monsieur Dmitri, dit-elle, nous

ne sommes pas encore entrés, nous n'avons pas encore parlé à maman... Si vous voulez prendre le temps de réfléchir... vous êtes encore libre, Dmitri.

Pour toute réponse Sanine pressa fortement le bras de Gemma contre sa poitrine et l'entraîna dans la maison.

— Maman, dit Gemma en entrant dans la chambre où était assise Frau Lénore, je vous amène mon véritable....

XXIX

Si Gemma avait annoncé qu'elle amenait le choléra ou la mort en personne, Frau Lénore n'aurait pu manifester un désespoir plus violent.

Elle courut se réfugier dans un coin, le visage tourné contre le mur, sanglotant, gémissant ; une paysanne russe ne se lamente pas autrement sur la tombe d'un mari ou d'un fils.

Gemma fut si fort troublée par cet accueil, qu'elle n'osa pas s'approcher de sa mère, mais resta pétrifiée au milieu de la chambre comme une statue. Sanine ne savait quelle contenance prendre. Un peu plus il aurait eu envie d'imiter Frau Lénore.

Cette désolation que rien ne pouvait apaiser dura toute une heure ! Une heure entière !

Pantaleone trouva plus sage de fermer à clé la porte de la confiserie afin que personne ne pût entrer ; par bonheur c'était trop tôt pour les clients. Le vieillard était lui-même perplexe, — tout au moins il n'approuvait pas la précipitation avec laquelle Sanine et Gemma avaient agi. Pourtant il ne se sentait pas le courage de les blâmer et restait tout disposé à leur prêter son appui s'ils en avaient besoin : Kluber lui était positivement antipathique.

Emilio se flattait d'avoir été l'intermédiaire entre son ami et sa sœur, et il était fier de l'excellente tournure que prenaient les choses ! Il ne pouvait comprendre le chagrin de sa mère, et dans son for intérieur il décida que les femmes, même les meilleures d'entre elles, sont dépourvues de la faculté de compréhension.

Sanine était celui qui souffrait le plus. Dès qu'il tentait de s'approcher de madame Roselli, elle criait et se débattait et c'est en vain qu'il tenta à plusieurs reprises de lui crier de

loin : « Je viens pour vous demander la main
de mademoiselle votre fille. »

Frau Lénore s'en voulait surtout de son
aveuglement, elle ne se pardonnait pas de
n'avoir rien vu :

« Si mon Giovanni Battista était là, rien de
semblable ne se serait passé ! » répétait-elle à
satiété.

« Mon Dieu, comment tout cela finira-t-il ?
pensait Sanine... cela devient bête, à la fin. »

Il avait peur de regarder Gemma qui n'osait
plus lever les yeux sur lui. Elle se contentait
d'offrir ses soins à Frau Lénore qui d'abord
les repoussa aussi.

Mais peu à peu l'orage s'apaisa. Frau Lénore
cessa de pleurer, elle permit à Gemma de la
tirer du coin dans lequel elle s'était blottie,
de l'installer dans le grand fauteuil près de la
fenêtre, de lui donner à boire un verre d'eau
sucrée avec de l'eau de fleurs d'oranger. Elle
ne permit pas à Sanine de l'approcher ! Oh
non ! — mais d'entrer dans la chambre dont
elle l'avait expulsé, et elle consentit à le
laisser parler sans l'interrompre.

Sanine mit immédiatement l'accalmie à

profit, et déploya même une rare éloquence;
il n'aurait probablement pas pu devant Gemma
toute seule déclarer ses sentiments et ses intentions avec la même force de persuasion.
Ses sentiments étaient les plus sincères, ses
intentions les plus pures, comme celles d'Al-
maviva dans le « Barbier de Séville ».

Il ne chercha pas à dissimuler devant Frau
Lénore, ni à ses propres yeux, les désavantages de sa situation, mais ces désavantages,
assurait-il, n'étaient qu'apparents.

Sans doute, il est un étranger qu'on ne
connaît que depuis quelques jours : on ne
sait rien de positif ni sur sa position, ni sur
les moyens dont il dispose, mais il offre de
fournir des preuves qui ne permettront pas de
douter qu'il est de bonne famille, et pas entièrement dépourvu de fortune. Il procurera
le témoignage de plusieurs de ses compatriotes. Il espère, enfin, qu'il pourra rendre
Gemma heureuse, et qu'il saura adoucir pour
elle la séparation d'avec sa famille.

Ce mot de *séparation* faillit gâter l'affaire.
Frau Lénore devint toute tremblante et ne put
plus tenir en place dans son fauteuil.

17

Sanine s'empressa d'ajouter que la séparation ne serait que temporaire et que peut-être
même on trouverait moyen de l'éviter.

Sanine recueillit aussitôt les fruits de son
éloquence. Frau Lénore consentit à le regarder
bien qu'avec une expression de douleur et de
reproche, mais la colère et le dégoût avaient
disparu.

Elle continua à se plaindre, mais ses récri-
minations étaient plus modérées et plus
douces, elle les entrecoupait de questions
adressées tantôt à Sanine, tantôt à Gemma.
Elle permit au jeune Russe de lui prendre la
main et ne la retira pas tout de suite. Elle se
remit à pleurer, mais ce n'étaient plus les
mêmes larmes. Enfin elle eut un sourire triste
et de nouveau exprima le regret que Giovanni
Battista ne fût pas là pour voir ses enfants....

L'instant d'après, les deux criminels, Sanine
et Gemma, étaient à genoux à ses pieds, et elle
posait sa main sur leurs têtes; encore un petit
moment et les deux jeunes gens embrassaient
Frau Lénore, tandis qu'Emilio accourait dans
la chambre, le visage rayonnant de bonheur,
et embrassait le groupe si étroitement enlacé.

Pantaleone jeta un coup d'œil dans la chambre, sourit et aussitôt se renfrognant alla dans la confiserie pour ouvrir la porte d'entrée.

XXX

Le passage du désespoir à la tristesse, et de
la tristesse à une douce résignation s'opéra
assez vite chez Frau Lénore, et cette résignation se transforma bien vite en un sentiment
de secret contentement qu'elle dissimulait
par respect des convenances.

Sanine avait pris le cœur de Frau Lénore du
premier jour qu'elle l'avait vu ; une fois habi-
tuée à l'idée qu'il deviendrait son gendre, elle
ne trouva plus rien de désagréable à cette
perspective, bien qu'elle jugeât nécessaire de
montrer un visage offensé ou plus exactement
une expression d'inquiétude.

D'ailleurs tous les événements qui se succé-

daient depuis quelques jours étaient plus
extraordinaires l'un que l'autre.

Malgré cela, Frau Lénore, en femme pratique, pensa qu'il était de son devoir de sou-
mettre Sanine à un interrogatoire en règle,
et le jeune homme qui le matin en allant à
son rendez-vous avec Gemma ne songeait pas
même à l'épouser, — à vrai dire, à ce moment-
là il ne songeait à rien si ce n'est à sa passion,
— entra avec conviction dans son rôle de fiancé
et répondit de bonne grâce avec beaucoup de
détails à toutes les questions de madame Roselli.

Quand Frau Lénore eut acquis la certitude
que Sanine appartenait à la noblesse, — elle
s'étonnait un peu qu'il ne fût pas prince —
elle prit un air grave et le « prévint d'avance »
qu'elle en userait avec lui en toute franchise
et sans façon parce que tel était son devoir
sacré de mère.

Sanine lui répondit que c'était bien ainsi
qu'il l'entendait, et qu'il la priait de ne point
se gêner.

Alors Frau Lénore lui dit que M. Kluber —
à ce nom elle poussa un léger soupir, pinça

17.

les lèvres et s'interrompit — que M. Kluber,
l'ex-fiancé de Gemma, avait actuellement huit
mille gouldens de revenu, et que cette
somme s'arrondissait. rapidement chaque
année... et pour conclure madame Roselli
ajouta : « Quels sont vos revenus ? »

— Huit mille gouldens, répéta Sanine lentement — cela fait environ quinze mille roubles
assignats... Mon revenu est inférieur... Je
possède une petite propriété dans le gouvernement de Toula ; bien gérée, cette propriété
pourrait donner cinq, six mille roubles...
Puis je demanderai une charge publique, j'en-
trerai au service de l'Etat... j'aurai deux mille
roubles de traitement.

— Au service de l'Etat, en Russie? cria
Frau Lénore; je devrai me séparer de Gemma?

— Je pourrais à la place entrer dans la
diplomatie, se hâta d'ajouter Sanine : je ne
manque pas de relations... Alors rien ne
m'empêchera de vivre à l'étranger... Enfin, ce
qui vaudrait encore mieux, je vendrai ma
propriété et avec le capital j'entreprendrai
quelque chose... pourquoi pas le perfection-
nement de votre confiserie ?

Sanine comprenait parfaitement qu'il disait des choses qui n'avaient pas le sens commun, mais il se sentait un courage qui ne reculerait devant aucun sacrifice ! Il n'avait qu'à jeter un coup d'œil sur Gemma, qui depuis que sa mère avait entamé une « conversation sur des choses pratiques » ne cessait d'aller et de venir dans la chambre, se levant et s'asseyant sans motif, Sanine n'avait qu'à la regarder pour se sentir prêt à consentir sur l'heure à tout ce qu'on voudrait, pourvu que la tranquillité de la jeune fille ne fût pas troublée.

— M. Kluber aussi avait l'intention de me donner une certaine somme pour améliorer la confiserie, dit après un moment d'hésitation Frau Lénore.

— Maman ! maman, de grâce, cria Gemma en italien.

— Il faut que ces questions soient réglées d'avance, ma fille, dit Frau Lénore dans la même langue.

Ensuite madame Roselli demanda à Sanine quelles sont en Russie les lois sur le mariage, et s'il n'est pas défendu à un Russe d'épouser une catholique, comme en Prusse ?

A cette époque, vers 1840, toute l'Allemagne retentissait encore de la querelle entre le gouvernement prussien et l'archevêque de Cologne au sujet des mariages mixtes.

Pourtant, lorsque Frau Lénore apprit que sa fille en épousant un noble deviendrait noble elle-même, elle manifesta quelque satisfaction.

— Mais avant de vous marier vous devez aller en Russie ! s'écria-t-elle.

— Pourquoi donc?

— Pour obtenir l'autorisation de votre souverain.

Sanine assura qu'il n'avait nullement besoin de cette autorisation pour se marier, mais qu'il serait peut-être obligé de retourner en Russie pour très peu de temps, afin de vendre sa propriété et de rapporter l'argent dont il avait besoin.

Rien que de parler de voyage il sentit son cœur se serrer douloureusement; Gemma en le regardant comprit qu'il souffrait, elle rougit et resta pensive.

— Je vous prierai de me rapporter de Russie

des fourrures d'astrakan, dit Frau Lénore... J'ai entendu dire que l'astrakan est remarquablement bon et pas cher du tout.

— Avec le plus grand plaisir, j'en apporterai aussi à Gemma...

— Et à moi un bonnet de cuir de Russie brodé d'argent, dit Émilio en passant sa tête à la porte de l'autre chambre.

— Très bien... je te l'apporterai, et des pantoufles pour Pantaleone.

— A quoi bon ! A quoi bon ! reprit Frau Lénore. Mais parlons de choses sérieuses... Vous dites, ajouta-t-elle, que vous vendrez la propriété... vous vendrez aussi les paysans ?

Sanine sentit comme un aiguillon qui le piquait. Il se souvint que lorsqu'il avait causé du servage avec madame Roselli et sa fille, il avait déclaré que cette institution lui semblait coupable et que pour rien au monde il ne vendrait ses serfs parce qu'il trouvait ce trafic immoral.

— Je m'efforcerai, dit-il non sans trouble, de vendre ma propriété à quelqu'un que je connaîtrai bien, et qui sera humain, ou peut-être que mes moujicks voudront se racheter.

— Ce serait de beaucoup le mieux, dit Frau Lénore, car vendre des êtres humains !...

— *Barbari !* murmura Pantaleone qui montrait sa tête derrière Emilio.

Il secoua son toupet et disparut.

« En effet ce n'est pas beau ! », pensa Sanine et il regarda à la dérobée Gemma.

La jeune fille semblait ne pas avoir entendu ses dernières paroles.

« Tant mieux ! » se dit Sanine, et la conversation pratique avec Frau Lénore se prolongea jusqu'au dîner.

Frau Lénore finit par devenir très affectueuse, elle appela Sanine Dmitri tout court, le menaça gentiment du doigt et promit de le punir de sa conduite rusée.

Elle le questionna minutieusement sur sa parenté : « Parce que, dit-elle, c'est une chose très importante », elle se fit décrire la cérémonie nuptiale selon le rite de l'Eglise russe, et s'extasia d'avance devant Gemma en robe blanche de mariée avec la couronne d'or sur la tête.

— C'est que ma fille est belle, comme une reine ! ajouta-t-elle avec un maternel orgueil.

— Il n'y a pas de reine qui soit aussi belle.

— Il n'y a pas deux Gemma au monde !
s'écria Sanine.

— C'est pour cela qu'elle s'appelle Gemma !
(En italien Gemma veut dire gemme.)

La jeune fille courut vers sa mère et se mit
à l'embrasser.

Elle commençait seulement à se sentir tout
a fait allégée de la douleur qui l'oppressait.

Sanine se sentit tout à coup si heureux ; son
cœur se remplit d'une telle joie d'enfant à la
pensée que les rêves dont il s'était bercé il
n'y a pas longtemps dans cette maison se réa-
lisaient déjà, un tel besoin d'activité s'empara
de tout son être, qu'il voulut entrer dans la
confiserie et se tenir au comptoir comme il
l'avait fait quelques jours auparavant.

— J'en ai le droit maintenant, se disait-il,
je suis ici chez moi !

Il s'assit au comptoir, fit le marchand, vendit
à deux fillettes une livre de bonbons en leur
en donnant un kilo, et en demandant la moitié
du prix.

Au dîner, il s'assit à côté de Gemma, comme
son fiancé officiel.

Frau Lénore se livrait toujours à ses combi-
naisons pratiques, tandis qu'Emilio suppliait
Sanine de l'emmener en Russie avec lui.

Il fut décidé que Sanine partirait dans deux
semaines.

Seul, Pantaleone restait un peu morose;
Frau Lénore jugea même opportun de lui dire :
« Mais c'est vous qui avez servi de témoin. »
Pantaleone jeta un regard en dessous.

Gemma garda presque tout le temps le
silence, mais jamais son visage n'avait été
plus beau ni plus lumineux.

Après le dîner elle appela Sanine pour une
minute au jardin, et parvenue au banc où
deux jours auparavant elle avait trié les
cerises, elle dit au jeune homme :

— Dmitri, ne te fâche pas, mais je veux
encore une fois te rappeler que tu ne dois pas
te croire irrévocablement lié ?...

Il ne lui laissa pas achever sa phrase...

Gemma détourna son visage :

— Quant à l'autre chose... quant à la différence de religion dont parle maman, reprit
Gemma en sortant une petite croix de grenat
attachée à son cou par un fin cordon de soie...

elle tira fortement le cordon, le rompit et
tendit la croix au jeune homme en disant :

— Puisque je suis à toi, ta religion sera la
mienne.

Les yeux de Sanine étaient encore humides
lorsqu'il rentra avec Gemma dans la chambre.

Le soir toute la famille avait repris son
train habituel et même on joua une partie de
tresette.

XXXI

Sanine se réveilla le lendemain de très bonne heure. Il avait atteint la cime du bonheur humain. Mais ce n'est pas ce sentiment de bonheur qui l'empêchait de dormir, et troublait sa béatitude, mais une question d'ordre matériel, une question fatale : comment faire pour vendre sa propriété le plus vite et le plus avantageusement possible.

Une foule de plans s'entrecroisaient dans son cerveau, mais il ne voyait pas nettement sa voie. Il sortit de l'hôtel pour sentir l'air et réfléchir. Il voulait se présenter devant Gemma avec un plan arrêté.

Tout à coup son attention fut arrêtée sur un personnage qui venait en sens inverse, une forme épaisse, mais correctement habillée, qui se balançait en vacillant légèrement sur de gros pieds.

Sanine se demanda où il avait vu cette nuque couverte de cheveux d'un blond blanchâtre, cette tête qui semblait chevillée directement sur les épaules, ce dos replet, débordant de graisse, ces bras boursouflés qui pendaient le long du torse. Sanine se demanda s'il se pouvait vraiment qu'il eût devant les yeux Polosov, son camarade de pension, qu'il n'avait pas revu depuis cinq ans.

Lorsque le nouveau venu l'eut dépassé, Sanine courut après lui, le devança puis se retourna... Il vit un large visage jaunâtre, de petits yeux de cochon avec des cils et des sourcils blancs, un nez court et plat, de grosses lèvres qui semblaient collées l'une à l'autre, un menton rond et imberbe. A l'expression aigre, indolente, méfiante de cette tête, il n'eut plus de doute, c'était bien Hippolyte Polosov !

« Encore une fois, ce doit être mon étoile qui me l'envoie ! » se dit Sanine.

— Polosov, Hippolyte Sidoritch, est-ce toi ?

Le personnage s'arrêta, leva ses petits yeux,

hésita un instant, puis desserrànt les lèvres dit d'une voix de fausset un peu enrouée :

— Dmitri Sanine?

— Oui, moi-même! répliqua Sanine.

Il secoua une des mains de Polosov couvertes de gants gris-cendre, un peu étroits, et qui pendaient inertes sur ses cuisses rebondies.

— Y a-t-il longtemps que tu es ici? demanda Sanine, — d'où viens-tu? A quel hôtel?

— Je suis arrivé hier de Wiesbaden pour faire des emplettes pour ma femme... et je retourne aujourd'hui à Wiesbaden.

— Ah! c'est vrai! l'on m'a dit que tu es marié... et que ta femme est d'une beauté remarquable.

Les yeux de Polosov vaguèrent de droite et de gauche.

— Oui, on le dit, répondit-il.

Sanine se mit à rire.

— Je vois que tu n'es pas changé... Tu as toujours le même flegme... comme dans le temps, au pensionnat.

— Pourquoi changerais-je?

— On dit encore, — Sanine appuya sur ce mot « on dit » — que ta femme est très riche.

— Oui, on le dit aussi !

— Et toi, tu ne le sais pas au juste, toi?

— Moi, mon ami, je ne me mêle pas des affaires de ma femme.

— Tu ne te mêles pas des affaires de ta femme, d'aucune?

De nouveau les yeux de Polosov vaguèrent en tous sens.

— D'aucune... Ma femme va de son côté — et moi, du mien...

— Où vas-tu maintenant? demanda Sanine.

— Dans ce moment je ne vais nulle part, je reste debout dans la rue à causer avec toi ; et quand notre conversation sera finie, je rentrerai à l'hôtel et je déjeunerai.

— M'acceptes-tu pour compagnon?

— C'est-à-dire que tu veux déjeuner avec moi?

— Oui !

— Avec plaisir. C'est toujours plus agréable de manger à deux... Tu n'es pas bavard?

— Je ne crois pas...

— Cela me va...

Polosov se remit en marche. Sanine se plaça à côté de lui.

Les lèvres de Polosov se collèrent de nouveau, il ronflait et se balançait silencieusement.

« Mais comment cette bûche a-t-elle pu
attraper une femme si belle et si riche? pensa
Sanine. Personnellement il n'avait pas de fortune, il n'est pas de haute noblesse, il n'est pas
même intelligent. Au pensionnat il passait
pour un garçon obtus, dormeur et glouton ;
on l'avait surnommé le « baveux... » Mais,
continua Sanine à part lui, puisque sa femme
est riche, pourquoi ne m'achèterait-elle pas
ma propriété? Polosov a beau dire qu'il ne
se mêle pas des affaires de sa femme, je n'en
crois rien! Puis je demanderai un prix avan-
tageux pour lui? Pourquoi ne pas faire une
tentative? C'est peut-être ma bonne étoile
qui me l'a envoyé?... Oui, c'est décidé... je
lui en parlerai. »

Polosov conduisit Sanine dans un des plus
grands hôtels de Francfort où il occupait,
cela va sans dire, la plus belle chambre.

En entrant, Sanine trouva sur les chaises,
sur les tables, des cartons, des boîtes, des paquets empilés...

— Voilà mes emplettes pour Marie Nico-

Iaevna!... dit Polosov en se laissant choir dans un fauteuil. Ouf! qu'il fait chaud, gémit-il en desserrant sa cravate.

Il sonna pour le maître d'hôtel et choisit soigneusement le menu d'un copieux déjeuner.

— Puis, ajouta-il, à une heure la voiture... vous entendez... à une heure précise...

Le maître d'hôtel se courba en deux dans un salut obséquieux et disparut.

Polosov déboutonna son gilet. Rien qu'à le voir relever ses sourcils, souffler avec peine et retrousser son nez, il était facile de deviner que parler lui était un effort pénible, et qu'il se demandait, non sans inquiétude, si Sanine l'obligerait à donner de l'exercice à sa langue ou si son ami ferait les frais de la conversation.

Sanine comprit l'état d'esprit de son ancien camarade et ne l'importuna plus de questions, se bornant à lui demander ce qu'il lui était indispensable de savoir.

Il apprit que Polosov avait été pendant deux ans dans l'armée en qualité de uhlan. — « Ce qu'il devait être gracieux dans la courte veste des uhlans! » pensa Sanine.

Polosov confia encore à son ami qu'il était

marié depuis quatre ans et que depuis deux
ans il voyageait à l'étranger avec sa femme,
qu'elle faisait une cure d'eau à Wiesbaden, et
que de là elle irait à Paris.

De son côté Sanine ne fut pas bavard en parlant de son passé ni de ses plans, il aborda directement le sujet qui l'intéressait entre tous
— c'est-à-dire son désir de vendre ses terres.

Polosov l'écoutait sans dire un mot, jetant
seulement un regard sur la porte par laquelle
on devait apporter le déjeuner. Enfin le déjeuner fut servi. Le maître d'hôtel accompagné
de deux garçons parut, ils portaient plusieurs
plats sous de lourds couvercles d'argent.

— Ta propriété se trouve dans le gouvernement de Toula? dit Polosov en s'asseyant à
table et en passant le coin de sa serviette dans
son col de chemise.

— Oui, dans le gouvernement de Toula!

— Dans le district d'Efremoff... Je connais!...

— Tu connais ma propriété d'Alexéevka?
demanda Sanine en prenant place à table.

— Je crois bien que je la connais.

Polosov porta à la bouche un morceau d'o-
melette aux truffes.

— Ma femme possède des terres dans le voisinage... Eh! garçon, débouchez cette bouteille !... Ces terres sont bonnes... mais tes moujiks t'ont coupé ton bois... A propos, pourquoi veux-tu vendre ton bien ?...

— J'ai besoin de réaliser l'argent... oui..., je vendrai bon marché, tu feras une bonne affaire en me l'achetant.

Polosov but d'un trait un verre de vin, s'essuya la bouche avec sa serviette et se remit à mastiquer lentement et avec bruit.

— Oui... dit-il enfin... Moi je n'achète pas de propriétés... je n'ai pas de capital... Passe-moi le beurre... Mais ma femme achètera peut-être ton bien... Parle-lui de ton affaire... Si tu ne demandes pas cher... elle ne craint pas d'acheter... Mais quels ânes que ces Allemands ? Ils ne savent pas préparer le poisson ! Qu'y a-t-il de plus simple !... Et ils parlent de l'unification de leur *Vaterland*... Garçon, emportez cette saleté...

— Mais c'est donc vrai ? Ta femme gère seule ses propriétés ?... demanda Sanine.

— Toute seule !... Les côtelettes sont bonnes... Je te les recommande !... Je t'ai déjà dit que je ne me mêle pas des affaires qui concernent ma femme, et je te le répète.

Polosov continua de faire claquer ses lèvres en mâchant.

— Hum!... Mais comment ferai-je pour lui parler de cette affaire moi-même?

— Mais le plus simplement du monde... Va lui faire visite à Wiesbaden... Ce n'est pas loin d'ici... Garçon, de la moutarde anglaise?... Vous n'en avez pas?... Quels animaux!... Mais ne perdons pas de temps! Nous partons après-demain... Laisse-moi remplir ton petit verre... Tu verras quel bouquet... Ce n'est pas du vinaigre.

Le visage de Polosov s'anima et se colora... Il s'animait uniquement lorsqu'il mangeait et buvait.

— Vraiment, je ne sais pas comment faire, dit Sanine.

— Mais es-tu si pressé de vendre?

— Certainement, je suis très pressé.

— Et il te faut beaucoup d'argent?

— Beaucoup... Vois-tu... je te dirai tout... je me marie!

Polosov posa sur la table le verre qu'il portait déjà à ses lèvres.

— Tu te maries! s'écria-t-il d'une voix enrouée par l'étonnement, et en joignant ses mains grassouillettes sur son ventre. Tu te maries! et comme cela, soudainement?

— Oui... soudainement.

— Ta fiancée est sans doute en Russie?

— Non, elle n'est pas en Russie!...

— Où est-elle?

— Ici, à Francfort!

— Et qui est-elle?

— Elle est Allemande... c'est-à-dire, non, Italienne... Elle est de Francfort.

— Elle a de l'argent?

— Non, elle n'a pas d'argent.

— Donc, c'est une grande passion?

— Que tu es drôle!... Oui, je l'aime beaucoup.

— Et c'est pour cela qu'il te faut de l'argent?

— Mais oui, oui, oui!...

Polosov vida son verre, se rinça la bouche, se lava les mains qu'il essuya soigneusement dans sa serviette, sortit de sa poche un cigare et l'alluma.

Sanine le regardait sans rien dire.

— Je ne vois qu'un moyen, dit enfin Polosov, en rejetant la tête en arrière et en laissant
échapper la fumée en fines spirales. Va voir
ma femme! Si elle veut, elle peut te tirer de
peine.

— Mais comment puis-je voir ta femme,
puisque tu dis que vous partez après-demain?

Polosov ferma les yeux.

— Eh bien, voici mon conseil, dit-il enfin,
en tournant le cigare avec ses lèvres et en sou-
pirant... Rentre chez toi, fais vite tes préparatifs de voyage, et reviens ici... A une heure,
je pars... Ma voiture est grande, je te prendrai
avec moi... C'est ce qu'il y a de mieux à faire...
Et maintenant, je vais faire une petite sieste...
Quand j'ai mangé, j'ai envie de dormir un
peu .. Mon tempérament l'exige et je cède...
Et toi, ne m'empêche pas non plus de dormir...

Sanine réfléchit, réfléchit... puis tout à coup
leva la tête : il avait pris une résolution.

— J'irai avec toi... Merci! A midi et demi
je serai ici... et nous irons ensemble à Wiesbaden... J'espère que ta femme ne m'en voudra
pas?

Mais Polosov ronflait déjà. Lorsqu'il avait dit : « Ne m'empêche pas... » il avait allongé un peu les jambes et il s'était endormi comme un enfant.

Sanine jeta encore une fois un regard sur ce gros visage, cette tête sans cou, ce menton en l'air et tout rond qui ressemblait à une pomme, puis courut à la confiserie Roselli pour prévenir Gemma de son absence.

XXXII

Il trouva la jeune fille avec sa mère dans la confiserie.

Frau Lénore, courbée en deux, mesurait la distance entre les fenêtres.

En apercevant Sanine, elle se redressa et l'accueillit joyeusement, mais avec un peu de confusion.

— Depuis notre conversation hier après midi, dit-elle, je ne songe plus qu'aux améliorations qu'on pourrait apporter à notre magasin... Ici, je voudrais des étagères avec des tablettes de glace avec tain... c'est la mode maintenant... puis ici...

— Bon, bon, dit Sanine en l'interrompant... nous y penserons... Mais, pour le moment,

venez avec moi; j'ai une nouvelle à vous communiquer.

Il prit Frau Lénore et Gemma par le bras et
les entraîna dans la pièce voisine. Frau Lénore,
inquiète, laissa échapper la mesure qu'elle
tenait à la main...

Gemma, sur le point de ressentir quelque
appréhension, leva les yeux sur Sanine et se
rassura. Le visage du jeune homme marquait
la préoccupation, mais en même temps un
courage inébranlable et de la décision...

Il invita les deux femmes à s'asseoir et resta
debout devant elles, gesticulant à tour de bras,
s'ébouriffant les cheveux pendant qu'il leur
racontait sa rencontre inopinée avec Polosov,
le voyage proposé à Wiesbaden, et la perspective de pouvoir peut-être vendre ses terres.

— Comprenez-vous mon bonheur? cria-t-il.
Si mes démarches aboutissent, je ne serai pas
obligé d'aller en Russie!... Nous pourrons cé-
lébrer le mariage beaucoup plus tôt que je n'a-
vais pensé!...

— Quand devez-vous partir? demanda
Gemma.

— Aujourd'hui même, dans une heure; mon

ami a loué une chaise de poste et m'emmène
avec lui.

— Vous nous écrirez?

— En arrivant. Dès que j'aurai parlé avec
cette dame, je vous ferai savoir où nous en
sommes...

— Cette dame, à ce que vous dites, est très
riche? demanda Frau Lénore.

— Immensément riche. Son père était archi-
millionnaire, et lui a laissé toute sa fortune en
mourant.

— Pour elle toute seule? Vraiment, vous
avez de la chance!... Mais tâchez ne ne pas
vendre trop bon marché... Soyez prudent et
ferme! Ne vous emballez pas! Je comprends
votre désir de vous marier le plus tôt possible...
mais la prudence avant tout! N'oubliez pas que
plus le prix que vous obtiendrez pour votre
propriété sera élevé, plus vous aurez pour vous
deux — et pour vos enfants.

Gemma se détourna. Sanine recommença à
gesticuler :

— Vous pouvez compter sur ma sagesse,
Frau Lénore... Je ne permettrai pas qu'on
marchande. Je dirai à cette dame le prix rai-

sonnable; si elle le donne — tant mieux!... si
elle ne le donne pas — tant pis!...

— Vous avez déjà vu cette dame? demanda
Gemma.

— Je ne l'ai jamais vue.

— Et quand reviendrez-vous?

— Si l'affaire ne s'emboîte pas, je reviendrai
demain; si je vois qu'il peut en sortir quelque
chose, je resterai encore un ou deux jours...
En tout cas, je ne prolongerai pas mon séjour
un moment de plus qu'il ne faudra... Je laisse
ici mon âme!... Mais je dois encore passer
chez moi avant mon départ. Frau Lénore, donnez-moi votre main pour me porter bonheur!...
Cela se fait toujours en Russie.

— La main droite ou la gauche?

— La main gauche, parce qu'elle est plus
près du cœur... Je reviendrai demain, « avec
le bouclier ou sur le bouclier!... » J'ai le pres-
sentiment que je reviendrai vainqueur. Au
revoir, mes bonnes, mes chères amies...

Il embrassa Frau Lénore, et pria Gemma de
lui permettre d'entrer dans sa chambre pour
un instant, pour une communication importante.

19.

Il voulait tout simplement rester un instant seul avec elle.

Frau Lénore le comprit ainsi et n'eut pas la curiosité de demander quelle pouvait être cette communication importante.

Sanine entrait pour la première fois dans la chambre de la jeune fille.

Tout l'enchantement de l'amour, son ardeur, son extase et sa douce terreur s'emparèrent de lui, pénétrèrent avec impétuosité dans son âme dès qu'il eut franchi ce seuil sacré.

Il jeta tout autour de lui un regard attendri, tomba aux pieds de la jeune fille et pressa son visage contre sa robe.

— Tu es à moi? dit-elle. — Tu reviendras bientôt?

— Je suis à toi... Je reviendrai, répéta-t-il d'une voix étouffée.

— Je t'attendrai...

Quelques minutes plus tard, Sanine était dans la rue et courait dans la direction de son hôtel. Il n'avait pas remarqué que, derrière lui, Pantaleone, tout ébouriffé, était sorti par la porte de la confiserie et prononçait des paroles que Sanine n'entendit pas, brandissant sa main levée, comme dans un geste de menace.

A une heure moins un quart, exactement, Sanine entra chez Polosov. Devant l'hôtel attendait une voiture attelée de quatre chevaux.

Lorsque Polosov vit venir Sanine, il dit simplement : « Ah ! tu t'es décidé ! » puis il mit son manteau, des galoches, se boucha les oreilles avec des tampons d'ouate, bien que ce fût l'été, et descendit sur le perron.

Les garçons, sur ses ordres, avaient déjà placé dans la voiture les nombreuses emplettes, avaient capitonné sa place de coussins de soie et disposé tout autour des petits sacs et des paquets, à ses pieds ils avaient posé un panier de provisions et assujetti la malle au siège du cocher.

Polosov paya tout le monde largement, et respectueusement soutenu sous les bras par le concierge il entra en geignant dans la voiture, s'assit après avoir palpé les objets tout autour de lui, choisit un cigare, l'alluma, et alors seulement, avec le doigt, fit signe à Sanine d'entrer aussi dans la voiture. Sanine prit place à côté de lui.

Polosov dit au concierge de recommander au postillon d'aller vite s'il tenait à un bon pourboire.

Le marchepied de la chaise de poste fut refermé avec fracas, les portières claquèrent et la voiture s'ébranla.

XXXIII

Actuellement le chemin de fer parcourt en moins d'une heure la distance de Francfort à Wiesbaden, mais à cette époque il fallait trois heures en voiture-express : on changeait cinq fois de chevaux.

Polosov sommeillait, puis dodelinait en tenant son cigare entre les dents, et parlait très peu. Il ne regarda pas une fois par la portière ; les points de vue ne l'intéressaient pas ; il déclara même que « la nature, c'est ma mort ! »

Sanine, de son côté, se taisait et restait indifférent à la beauté du paysage : il était entièrement absorbé par ses pensées et ses souvenirs.

Aux relais, Polosov payait sans marchander les distances parcourues, regardait l'heure à sa montre, et distribuait aux postillons des pourboires proportionnés à leur zèle.

A mi-chemin il sortit du panier deux oranges, choisit la meilleure, la garda pour lui et offrit l'autre à Sanine.

Celui-ci, qui observait son compagnon de route, partit tout à coup d'un éclat de rire.

— De quoi ris-tu? demanda Polosov en détachant soigneusement la peau de l'orange avec ses ongles courts et blancs.

— De quoi je ris? s'écria Sanine : mais de notre voyage !...

— Et pourquoi? demanda Polosov en faisant disparaître dans sa bouche tout un quartier d'orange...

— Mais c'est ce voyage qui me paraît singulier !... Hier je pensais à me trouver ici avec toi comme à me rencontrer avec l'empereur de la Chine... et aujourd'hui je suis en route avec toi, pour vendre ma propriété à ta femme, que je n'ai jamais vue !

— Tout est possible! répondit Polosov. En avançant en âge tu en verras bien d'autres...

Par exemple, est-ce que tu te représentes ton
ami Polosov sur un cheval d'ordonnance ?...
Eh bien ! cela m'est arrivé... Et en me voyant
le grand duc Mikhail Pavlovitch a commandé :
« Au trot, faites aller au trot ce gros cor-
nette ! »

Sanine se gratta l'oreille.

— Je t'en prie, parle-moi un peu de ta
femme ! Quel est son caractère? J'ai besoin de
le savoir...

— Le grand-duc pouvait à son aise commander « Au trot », continua Polosov avec
ressentiment, mais moi, comment devais-je me
tenir à cheval? Aussi leur ai-je dit : Vous pouvez garder vos grades, vos épaulettes... moi, je
n'en veux plus !... Ah ! tu veux que je te parle
de ma femme?... Eh bien ! ma femme est un
être humain comme tous les autres... seulement « ne lui mets pas le doigt dans la bouche », elle n'aime pas cela !... Mais avant tout
parle beaucoup avec elle de choses qui font
rire... Raconte-lui tes amours... mais d'une
façon amusante... tu me comprends ?

— Comment, d'une façon amusante?

— Mais oui, tu m'as dit... que tu es amou-

reux... que tu as l'intention de te marier... Eh
bien ! raconte-lui toute l'affaire...

Sanine se sentit blessé.

— Mais que peux-tu trouver d'amusant dans
mon mariage ?

Polosov se contenta de regarder Sanine dans
les yeux pendant que le jus de l'orange coulait
sur son menton.

— C'est ta femme qui t'a demandé d'aller à
Francfort pour faire ces emplettes ? demanda
Sanine après quelques moments de silence.

— Oui, c'est elle-même !

— Quelles emplettes ?

— Mais... des joujoux !

— Des joujoux ?... Tu as des enfants ?

A cette question, Polosov s'éloigna de Sanine.

— Qu'est-ce que tu dis là? Pourquoi aurais-je
des enfants ?... Les joujoux, ce sont des coli-
fichets... des articles de toilette..

— Tu t'y entends ?

— Je m'y entends...

— Mais tu m'as dit que tu ne te mêles
jamais des affaires qui concernent ta femme !

— Je ne me mêle pas d'autre chose... rien
que de sa toilette... cela me désennuie... Ma

femme a bonne opinion de mon goût... Puis je sais marchander.

Polosov commençait à égrener ses phrases... Il était déjà fatigué.

— Et elle est très riche, ta femme ?

— Oui, elle est assez riche... mais tout pour elle.

— Il me semble pourtant que tu n'as pas à te plaindre ?

— Mais aussi, je suis son mari ! Il ne manquerait plus que cela, que je n'en profite pas ! Je lui suis utile... Elle y trouve son profit... Je suis commode !...

Polosov s'essuya le visage avec son foulard et se mit à souffler péniblement, *comme pour dire* : « Epargne-moi donc ; ne me fais plus dire un mot ; tu vois comme cela me fatigue de parler. »

Sanine le laissa tranquille et s'enfonça de nouveau dans ses réflexions.

A Wiesbaden, l'hôtel devant lequel s'arrêta la voiture ressemblait plutôt à un palais. Aussitôt des sonnettes tintèrent dans les couloirs et il y eut tout un remue-ménage parmi le personnel.

Des valets en habit apparurent à l'entrée ; le portier brodé d'or sur toutes les coutures d'un coup de main ouvrit la portière.

Polosov descendit de voiture en triomphateur et commença l'ascension de l'escalier embaumé et couvert de tapis.

Un homme très correctement vêtu de noir, à la physionomie russe, courut au-devant de lui ; c'était son valet de chambre.

Polosov lui annonça que dorénavant il le prendrait partout avec lui, parce que la veille à Francfort on l'avait laissé passer la nuit sans eau chaude !

Le visage du valet exprima l'horreur, puis il se baissa lestement et retira les galoches du barine.

—Est-ce que Maria Nicolaevna est chez elle ? demanda Polosov.

— Madame est chez elle... Madame s'habille... Madame dîne chez la comtesse Lassounski.

—Ah ! chez la comtesse !... Ecoute ! il y a dans la voiture des effets... prends-les toi-même et apporte-les ici... Et toi, Dmitri Pavlovitch, dit-il à Sanine, choisis-toi une

chambre et viens me rejoindre dans trois
quarts d'heure... Nous dînerons ensemble..

Polosov s'éloigna, et Sanine demanda une
chambre parmi les plus modestes. Quand il eut
rajusté sa toilette et se fut un peu reposé, il
entra dans le vaste appartement occupé par
« Son Altesse le prince Polosov. »

Il trouva « Son Altesse » assis dans un fauteuil de velours écarlate au milieu d'un salon
resplendissant.

Le flegmatique ami de Sanine avait trouvé
le temps de prendre un bain et de se revêtir
d'une très riche robe de chambre de satin ; sa
tête était ornée d'un fez couleur de fraise.

Sanine s'approcha de lui et le contempla
quelque temps.

Polosov restait assis, immobile, comme une
idole dans sa niche ; il ne tourna pas la tête du
côté de Sanine, ne remua pas les paupières, ne
proféra pas un son.

C'était un spectacle vraiment majestueux.

Après l'avoir admiré quelques instants, Sanine se disposait à parler pour rompre ce
silence auguste, lorsque tout à coup la porte
de la chambre voisine s'ouvrit, et sur le seuil

apparut une jeune et jolie femme, vêtue d'une robe de soie blanche ornée de dentelles noires, avec des diamants aux poignets et autour du cou.

C'était Maria Nicolaevna Polosov.

Les cheveux roux, touffus, tombaient des deux côtés de la tête en nattes toutes prêtes à être relevées.

XXXIV

— Ah, pardon! s'écria Marie Nicolaevna
avec un sourire demi-confus, demi-moqueur.

Elle releva d'une main le bout d'une de ses
nattes, et attacha sur Sanine le regard de ses
grands yeux gris et clairs.

— Je ne vous savais pas encore ici.

— Sanine Dmitri Pavlovitch, un ami d'enfance, dit Polosov, sans bouger de sa place et
en montrant Sanine du doigt.

— Oui, je sais... Tu m'as déjà parlé de lui...
Je suis enchantée de faire votre connaissance... Mais je suis venue pour te demander
un service, Hippolyte Sidorovitch... Ma femme
de chambre est si maladroite aujourd'hui.

20.

— Tu veux que je donne un coup de main à ta coiffure...

— Oui, oui, je t'en prie. Excusez-moi, répéta Marie Nicolaevna avec le même sourire.

— Elle fit un signe de tête à Sanine, pirouetta sur elle-même et disparut dans l'autre chambre en laissant l'impression rapide mais harmonieuse d'un cou exquis, d'épaules splendides et d'une taille admirable.

Polosov se leva — et se balançant lourdement suivit sa femme dans l'autre chambre.

Sanine ne douta pas un instant que la jeune femme sût parfaitement qu'il se trouvait dans le salon du « prince Polosov », et que cette petite comédie avait été jouée à son intention, pour montrer des cheveux qui valaient d'ailleurs la peine d'être vus.

Sanine fut content de l'apparition de la jolie dame.

« Si elle a voulu m'éblouir par sa beauté, pensa-t-il, qui sait, peut-être se montrera-t-elle coulante pour l'achat de la propriété. »

Son âme était tellement remplie du souvenir de Gemma, que toutes les autres femmes lui étaient indifférentes, c'est à peine s'il les voyait, et cette fois il se contenta de penser « Oui, on avait raison de me dire que cette dame est fort belle! »

S'il ne s'était pas trouvé dans cet état exceptionnel, il se serait certainement exprimé autrement.

Marie Nicolaevna, née Kolychkine, était une femme qu'on ne pouvait s'empêcher de remarquer. Ce n'est pas qu'elle fût une beauté incontestée : on distinguait nettement en elle les traces de son origine plébéienne. Le front était bas, le nez un peu charnu et légèrement retroussé : elle ne pouvait pas se glorifier non plus de la finesse de sa peau, ni de l'élégance de ses mains et de ses pieds... mais que signifiaient ces détails ?

Celui qui la voyait ne restait pas en contemplation devant une « beauté sacrée » comme disait le poète Pouchkine, mais devant le prestige d'un vigoureux et florissant corps de femme, russe et tzigane... et il n'y avait pas moyen de ne pas tomber en arrêt devant elle.

Mais l'image de Gemma protégeait Sanine, comme le triple bouclier que chante le poète.

Dix minutes plus tard Maria Nicolaevna apparut de nouveau avec son mari.

Elle s'approcha de Sanine... et sa démarche était si séduisante, que certains originaux... hélas ! que ces temps sont loin, — devenaient follement épris de Maria Nicolaevna rien que pour sa démarche.

« Lorsque cette femme marche à ta rencontre, on dirait que le bonheur de ta vie entre par la même porte ! disait un de ses adorateurs.

Elle tendit la main à Sanine et lui dit de sa voix caressante et contenue :

— Vous ne vous retirerez pas avant mon retour n'est-ce pas ? Je rentrerai de bonne heure...

Sanine s'inclina respectueusement, tandis que Maria Nicolaevna disparaissait derrière la portière ; sur le seuil elle tourna la tête en arrière et sourit, et de nouveau Sanine ressentit la même impression harmonieuse qu'il avait éprouvée un moment auparavant.

Lorsque Maria Nicolaevna souriait on voyait se creuser sur chacune de ses joues non pas une, mais trois petites fossettes — et ses yeux souriaient plus encore que ses lèvres, longues, empourprées et rayonnantes avec deux minuscules grains de beauté à gauche.

Polosov se traîna jusqu'à son fauteuil. Il ne disait mot, comme auparavant ; mais un sourire moqueur, étrange, de temps en temps plissait ses joues bouffies, incolores et déjà ridées.

Il avait l'air vieillot, bien qu'il n'eût que trois ans de plus que Sanine.

Le dîner que Polosov servit à Sanine aurait pu satisfaire le gourmet le plus consommé, mais Sanine le trouva sans fin et insupportable !

Polosov mangeait lentement « avec sentiment, conviction et lenteur », se penchant avec attention sur son assiette, et flairant presque chaque morceau.

D'abord il se rinçait la bouche avec du vin, et après seulement il l'avalait en faisant claquer ses lèvres...

Quand on servit le rôti, sa langue se délia subitement... mais sur quel sujet ?... Sur des moutons dont il voulait faire venir tout un troupeau dans sa propriété... et il en parlait avec amour, accumulant les détails, et n'employant que les diminutifs affectueux...

Après avoir bu une tasse de café noir en ébullition, — il avait à plusieurs reprises pendant le dîner rappelé au garçon d'une voix courroucée et larmoyante que la veille on lui avait servi du café froid, froid comme la glace — Polosov, tout en mordillant entre ses dents jaunes et tordues un havane, s'endormit, selon son habitude et à la grande joie de Sanine. Le jeune homme se mit à arpenter le salon sur le tapis épais, rêvant à sa vie future avec Gemma, et aux nouvelles qu'il pourrait lui porter le lendemain.

Mais Polosov se réveilla plus tôt qu'à l'ordinaire — son sommeil n'avait duré qu'une heure et demie — et après avoir bu un verre d'eau de Seltz avec de la glace, et avalé au moins huit cuillerées de confiture, de la véritable confiture russe de Kieff que son valet lui présenta dans un bocal vert foncé, et sans laquelle Polosov déclarait ne pouvoir vivre, il leva ses yeux un peu boursouflés sur Sanine et lui demanda s'il serait disposé à faire avec lui une partie de *douratchki*.

Sanine consentit ; il craignait de voir Polosov reprendre ses explications sur les moutons et entrer dans des détails fastidieux...

Le garçon apporta les cartes et la partie commença ; il va sans dire qu'ils ne jouaient pas pour de l'argent mais uniquement pour passer le temps. Lorsque Marie Nicolaevna revint de son dîner chez la comtesse Lasounski elle trouva les deux hommes à cette innocente occupation.

En entrant dans le salon elle aperçut les cartes et la table de jeu, et partit d'un éclat de rire.

Sanine se leva, mais elle lui dit :

— Non, continuez votre jeu... Je vais changer de robe, et je reviens...

Elle disparut de nouveau au milieu d'un froufrou de jupes et retira ses gants tout en marchant...

Elle revint effectivement au bout d'un moment. Elle avait remplacé sa toilette de bal par une large blouse de soie lilas, avec des manches ouvertes et flottantes ; une lourde cordelière entourait sa taille.

Elle s'assit à côté de son mari, et attendit le

moment de la partie où il devint *dourak* (imbécile), alors elle lui dit :   .

— Maintenant, petite crêpe, c'est assez !

A ce mot de *petite crêpe* Sanine la regarda
tout étonné et elle lui sourit gaîment, répon-
dant au regard du jeune homme en le regardant en face, et creusant toutes les fossettes de
ses joues.

— Assez, dit-elle de nouveau à son mari, je
vois que tu as envie de dormir, baise la main
et va dormir, et moi je resterai avec M. Sanine
pour causer un peu...

— Je n'ai pas sommeil répondit Polosov en
se levant lourdement de son fauteuil, mais
j'irai quand même me coucher et je baiserai
la main...

Elle lui tendit la main sans cesser de sourire et de regarder Sanine.

Polosov regarda aussi son ami et partit sans
prendre congé.

—Maintenant racontez-moi votre histoire, dit
vivement Maria Nicolaevna en posant ses deux
coudes nus sur la table, et en tapotant avec
impatience ses ongles l'un contre l'autre. — On
m'a dit que vous allez vous marier? Est-ce vrai?

Quand elle eut posé cette question Marie Nicolaevna inclina légèrement la tête de côté pour regarder plus fixement et plus profondément dans les yeux du jeune homme.

XXXV

Bien que Sanine ne fût pas un novice et qu'il eût déjà quelque expérience des hommes, la manière d'être délurée de madame Polosov l'eût tout de même troublé, s'il n'avait pas vu dans cette familiarité et ce sans-façon un heureux augure pour son entreprise. « Flattons les caprices de cette riche dame », se dit-il ; et il répondit d'un ton aussi dégagé que l'était la question posée :

— Oui, je me marie.

— Vous épousez une étrangère ?

— Une étrangère !

— Vous venez de faire sa connaissance à Francfort ?

— Oui, madame, à Francfort.

— Et peut-on savoir qui est cette jeune fille ?

— Certainement. Elle est la fille d'un confiseur.

Marie Nicolaevna ouvrit les yeux tout grands et arqua ses sourcils.

— Mais c'est charmant ! dit-elle d'une voix posée ; c'est délicieux !... Et moi qui croyais qu'on ne peut plus trouver en ce monde des hommes comme vous... La fille d'un confiseur !

— Je vois que cela vous étonne? dit Sanine, non sans dignité... mais, d'abord, je n'ai point de préjugés...

— *D'abord* cela ne m'étonne nullement, s'écria Marie Nicolaevna en l'interrompant — des préjugés, je n'en ai pas non plus... Je suis moi-même la fille d'un moujik !... Eh bien ! non, vous ne m'avez pas épatée! Ce qui m'étonne et me réjouit, c'est de voir un homme qui n'a pas peur d'aimer... Vous l'aimez ?...

— Oui, madame.

— Elle est très belle ?

Cette dernière question agaça quelque peu Sanine, mais il n'y avait plus moyen de reculer.

— Vous comprenez vous-même, Maria Nicolaevna, dit-il, que tout homme trouve le visage

de l'aimée plus beau que toûs les autres, mais
ma fiancée est une véritable beauté !...

— Vraiment ? De quel genre ? Du genre Italien, classique ?

— Oui, elle a des traits parfaitement régu-
liers.

— Vous n'avez pas son portrait ?

— Non.

A cette époque la photographie n'était pas
connue, et les daguerréotypes commençaient
seulement à se répandre.

— Quel est son nom ?

— Gemma !

— Et le vôtre ?

— Dmitri...

— Et votre nom patronymique ?

— Pavlovitch.

— Savez-vous, dit Maria Nicolaevna, toujours de la même voix traînante... Vous me
plaisez beaucoup, Dmitri Pavlovitch... Vous
devez être un brave garçon... Donnez-moi
votre main... Soyons amis...

Elle serra fortement la main du jeune
homme de ses beaux et vigoureux doigts
blancs...

Elle avait la main un peu plus petite que celle de Sanine, et plus chaude, plus douce, plus souple et vivante.

— Mais savez-vous quelle idée me vient?

— Voyons cette idée?

— Vous ne vous fâcherez pas? Non?... Vous dites que vous êtes fiancés... Il n'y avait pas moyen de faire autrement?

Sanine fronça les sourcils.

— Je ne vous comprends pas, Maria Nicolaevna?

Maria Nicolaevna eut un petit rire, et secouant la tête, elle rejeta en arrière les cheveux qui tombaient sur ses joues.

— Vraiment, il est délicieux, dit-elle, rêveuse, distraite... Un chevalier! Allez après cela croire ceux qui affirment qu'il n'y a plus d'idéalistes!

Maria Nicolaevna parlait tout le temps en russe, avec un accent très pur, l'accent du peuple de Moscou et non celui de la noblesse.

— Vous avez sans doute été élevé à la maison, dans une famille de l'ancien type, où l'on craint Dieu? demanda-t-elle.

Et elle ajouta aussitôt :

— Vous êtes de quel gouvernement?

— Du gouvernement de Toula.

— Nous sommes vous et moi *de la même auge !* Mon père... Mais savez-vous qui était mon père?

— Oui, je le sais.

— Il est né à Toula... Assez là-dessus..., maintenant passons aux affaires.

— Comment aux affaires ?... Que voulez-vous dire ?

Maria Nicolaevna cligna des yeux.

Quand elle clignait des yeux son regard prenait une expression caressante et légèrement moqueuse ; quand elle les ouvrait tout grands, leur lueur claire, presque froide, n'annonçait rien de bon..., presque une menace. Ses yeux étaient embellis surtout par ses sourcils bien fournis, un peu proéminents, de vrais sourcils de martre.

— Mais dans quelle intention êtes-vous venu ici ? Vous désirez me vendre votre propriété ? Vous avez besoin d'argent pour votre mariage, n'est-ce pas ?

— Oui, j'ai besoin d'argent.

— De beaucoup d'argent ?

— Pour le moment, je me contenterais de quelques milliers de francs... Hippolyte Sidorovitch connaît ma propriété... vous pouvez le consulter... Je ne demande pas un prix élevé.

Maria Nicolaevna agita la tête de droite à gauche...

— *Premièrement*, dit-elle en scandant chaque mot et en frappant du bout des doigts le parement du surtout de Sanine, — je n'ai pas l'habitude de consulter mon mari, si ce n'est en ce qui concerne ma toilette... sur ce chapitre il est fort... *Secondement*, pourquoi ne voulez-vous pas demander un prix élevé? Je ne veux pas profiter de ce que vous êtes amoureux et prêt à tous les sacrifices?... Je n'accepterai pas de vous un rabais... Comment? Au lieu de stimuler, — comment dirai-je cela... — d'encourager de mon mieux de nobles sentiments, je vous exploiterais? Ce n'est pas dans mes habitudes bien que souvent je n'épargne pas les gens... mais ce n'est pas ainsi que je m'y prends.

Sanine se demandait si son interlocutrice plaisantait ou si elle parlait sérieusement.

Il se dit en lui-même : « Oh ! avec toi, il
faut être bien sur ses gardes ! »

Un valet apporta un samovar, des tasses à
thé, de la crème et des biscuits sur un grand
plateau. Il posa ces choses sur la table
entre Sanine et madame Polosov, et se retira.

La jeune femme servit à Sanine une tasse de
thé.

— Vous ne m'en voudrez pas ? demanda-t-elle
en mettant du bout des doigts le sucre dans la
tasse du jeune homme, bien que les pinces
fussent dans le sucrier.

Sanine se récria : — Madame ! d'une si belle
main !...

Il n'acheva pas sa phrase et faillit s'étouffer
en avalant la première gorgée de thé.

Madame Polosov le regardait attentivement
de son regard clair.

— J'ai dit, reprit Sanine, que je ne deman-
derais pas un prix élevé pour ma propriété,
parce que vous sachant à l'étranger, je ne suis
pas en droit de supposer que vous ayez avec
vous beaucoup d'argent disponible... Puis je
sais que ces conditions de vente ne sont pas

normales... Je dois tenir compte de toutes ces considérations...

Sanine hésitait, s'embrouillait dans ses phrases, tandis que Maria Nicolaevna, tranquillement renversée contre le dossier de son fauteuil, le regardait toujours du même regard clair et attentif.

Il se tut enfin.

— Continuez, continuez, dit-elle, d'un ton encourageant... je vous écoute; j'ai du plaisir à vous écouter; parlez.

Sanine se mit alors à décrire sa propriété, dit combien elle mesurait de dessiatines, comment elle était située et quels profits on en pouvait tirer... Il ne manqua pas de mentionner le fait que la maison se trouvait dans un site pittoresque. Maria Nicolaevna ne détachait pas de lui son regard toujours plus clair et plus fixe, et ses lèvres remuaient imperceptiblement sans sourire; elle les mordillait.

Sanine se sentit mal à l'aise; il se tut de nouveau.

— Dmitri Pavlovitch, commença Maria Nicolaevna, puis elle s'interrompit.

— Dmitri Pavlovitch, reprit-elle au bout

d'un instant..., savez-vous..., je suis sûre que
l'acquisition de votre propriété sera pour moi
une affaire avantageuse, et que nous nous entendrons sur le prix... Mais il faut me donner
un peu de temps..., deux jours, pour prendre
une décision... Vous pouvez supporter de
rester deux jours séparé de votre fiancée?...
Je ne vous retiendrai pas un moment de plus...
contre votre gré... je vous en donne ma parole... Mais si vous avez besoin immédiatement de cinq ou six mille francs... je vous les
avancerai avec plaisir...

Sanine se leva.

— Je vous remercie d'abord pour votre aimable proposition de me rendre service, à
moi, qui suis presque un inconnu pour vous...
Mais puisque vous y tenez absolument, je préfère attendre votre décision au sujet de ma
propriété... Je peux rester ici encore deux
jours.

— Oui, Dmitri Pavlovitch, je le désire... Et
cela vous sera pénible, très pénible? Avouez-
le-moi?...

— Mais j'aime ma fiancée... et il ne m'est
pas indifférent d'être séparé d'elle.

— Ah ! vous êtes vraiment un homme d'or, s'écria Maria Nicolaevna avec un soupir... Je vous promets de ne pas traîner l'affaire en longueur... Vous vous retirez déjà ?

— Il est très tard, remarqua Sanine.

— Et vous avez besoin de repos après le voyage... et après votre partie de *douratchki* avec mon mari ?... Dites-moi, vous êtes un grand ami de mon mari ?

— Nous avons été élevés dans le même pensionnat.

— Et déjà alors il était comme cela ?

— Comment « comme cela ? » demanda Sanine.

Maria Nicolaevna partit d'un grand éclat de rire, elle rit jusqu'à en devenir toute rouge, puis elle porta son mouchoir à ses lèvres, se leva, et se balançant comme si elle était fatiguée, elle s'approcha de Sanine et lui tendit la main.

Il salua et se dirigea vers la porte.

— Tâchez demain de vous présenter de très bonne heure... Vous m'entendez ? lui cria-t-elle, comme il sortait du salon.

Il se retourna et vit que Maria Nicolaevna

s'était renversée de nouveau dans le fauteuil, les deux mains jointes derrière sa tête.

Les larges manches de sa blouse s'étaient ouvertes jusqu'aux épaules — et il était impossible de ne pas reconnaître que cette pose et que toute la personne étaient d'une beauté ensorcelante...

XXXVI

Minuit avait sonné depuis longtemps, et la lampe brûlait encore dans la chambre de Sanine. Il était assis devant sa table et écrivait à « sa Gemma ».

Il lui raconta tout ce qui s'était passé, décrivit les Polosov — le mari et la femme — mais en somme parla davantage de ses sentiments et finit par donner rendez-vous à sa fiancée dans trois jours ! ! ! accompagnés de trois points d'exclamation.

Le lendemain matin de bonne heure il porta la lettre à la poste et alla faire un tour dans le jardin du *Kurhause* où il y avait déjà de la musique.

Il n'y avait encore que peu de monde ; Sanine resta un moment devant le pavillon où se trouvait l'orchestre, écouta un pot-pourri de *Robert le Diable* et après avoir pris du café, suivit une allée écartée et s'assit sur un banc tout à ses pensées.

Le manche d'une ombrelle le frappa tout à coup assez fort sur l'épaule. Il tressaillit...

Vêtue d'une robe légère gris-vert avec un chapeau de tulle blanc et des gants de Suède, fraîche et rose comme une matinée d'été, mais ayant encore la langueur d'un sommeil paisible dans ses mouvements et dans ses regards, Maria Nicolaevna se tenait devant lui.

— Bonjour, dit-elle. J'ai envoyé à votre recherche, mais vous étiez déjà parti : — Je viens de boire mon second verre. — Vous savez, on me force ici de boire de l'eau. — Dieu sait pourquoi... Est-ce que je suis malade, moi ?... Et après avoir bu de l'eau, je dois me promener pendant une heure entière ! Voulez-vous être mon cavalier ?... Et ensuite nous prendrons le café...

— J'ai déjà pris le café, dit-il en se levant, mais je serai heureux de me promener avec vous.

— Alors donnez-moi le bras... Ne craignez
rien... Votre fiancée n'est pas ici... elle ne vous
verra pas.

Sanine eut un sourire forcé.

Chaque fois que madame Polosov parlait de
Gemma, il éprouvait une sensation pénible.
Mais il obéit et s'inclina avec empressement...
Le bras de Maria Nicolaevna entoura lente-
ment et mollement le bras du jeune homme,
glissa contre lui et l'enlaça presque.

— Allons par ici, lui dit-elle, en rejetant
sur son épaule l'ombrelle ouverte. Je suis dans
ce parc comme chez moi, je vais vous montrer
les plus jolis endroits... Et savez-vous — elle
employait fréquemment cette expression —
pour le moment nous ne parlerons pas de votre
propriété... Après le déjeuner nous examine-
rons l'affaire à loisir... Maintenant vous devez
me parler de vous... afin que je sache à qui
j'ai affaire... Après, si cela vous intéresse,
je vous raconterai mon histoire... voulez-
vous ?

— Mais, Maria Nicolaevna, il n'y a rien à raconter dans ma vie...

— Permettez, permettez, vous ne m'avez pas

bien comprise... Je n'ai pas l'intention de faire
la coquette avec vous.

Elle haussa les épaules.

— Il a une fiancée belle comme une statue
antique, et je perdrais mon temps à faire la
coquette avec lui ?... Mais vous détenez la
marchandise et je suis acquéreur... Je veux
savoir à quoi ressemble cette marchandise ?...
C'est à vous de me la faire voir... Je veux
savoir non seulement ce que j'achète mais à
qui je l'achète... En affaires c'était une règle
pour mon père... Eh bien ! commencez, vous
pouvez passer l'enfance... commencez votre
récit du jour où vous êtes débarqué à l'étranger. Où avez-vous été avant de venir en Allemagne ?... Mais ralentissez donc le pas, rien ne
nous presse...

— Je suis venu ici d'Italie où j'ai passé plusieurs mois.

— Vous avez donc un faible pour tout ce qui
est italien ? La seule chose qui m'étonne c'est
que vous n'ayez pas trouvé votre fiancée là-
bas... Vous aimez les arts ? les tableaux ? Ou
peut-être préférez-vous la musique ?

— J'aime les arts... J'aime tout ce qui est beau.

— La musique aussi ?

— La musique aussi.

— Et moi je ne l'aime pas du tout. Je n'aime que les chansons russes... et encore au village, au printemps, avec des danses... Vous savez ce que j'entends ! Les moujiks en chemises rouges... dans les prairies d'herbe tendre... délicieux !... Parlez donc...

Tout en marchant, Maria Nicolaevna regardait Sanine avec persistance.

Elle était de taille élevée, et son visage se trouvait presque au niveau de celui du jeune homme.

Il se mit à raconter ses faits et gestes d'abord par devoir, gauchement — mais peu à peu il s'anima et parla avec volubilité. Maria Nicolaevna savait écouter, puis elle paraissait si sincère qu'elle obligeait involontairement les autres à la même sincérité.

Elle possédait ce « terrible don de la familiarité » dont parle le cardinal de Retz.

Sanine raconta ses voyages, sa vie à Saint-Pétersbourg et sa jeunesse. Si Maria Nicolaevna eût été une grande dame avec des manières raffinées, il ne se serait pas laissé aller à

tant d'intimité, mais elle s'appelait elle-même
« un bon garçon qui n'aime pas les manières »
et marchait à côté du jeune homme d'une
allure féline, s'appuyant un peu sur le bras de
son compagnon, et le regardant dans les yeux...
Ce « bon garçon » marchait à côté de Sanine
sous la forme d'un jeune être féminin, qui respirait cette séduction enivrante et alanguis-
sante, calme et dévorante, qu'exercent sur les
faibles hommes certaines natures slaves qui
ne sont pas de race pure, mais qui ont subi un
fort croisement.

Cette promenade dans le parc et cette conversation durèrent une bonne heure. Le couple
ne s'arrêta pas une seule fois, marchant toujours en avant, en avant... dans les avenues
sans fond du parc ; ils gravissaient la colline et
admiraient la vue, ils descendaient dans les
vallons, disparaissaient dans l'ombre impéné-
trable en restant toujours bras dessus, bras
dessous.

Par moment Sanine s'en voulait : il ne s'é-
tait jamais promené si longuement avec sa
chère Gemma, et décidément cette dame l'ac-
caparait.

— N'êtes-vous pas fatiguée ? lui avait-il demandé plusieurs fois.

— Je ne suis jamais fatiguée! avait-elle répondu.

Il leur arrivait de rencontrer des promeneurs, presque tous saluaient madame Polosov; les uns respectueusement et d'autres presque servilement. A l'un de ces derniers, un très beau brun, mis en vrai dandy, elle cria de loin avec le plus pur accent parisien :

— Comte, vous savez, il ne faut pas venir me voir ni aujourd'hui ni demain.

Le comte, sans mot dire, leva son chapeau et s'inclina profondément.

— Qui est-ce ce jeune homme? demanda Sanine, possédé comme tous les Russes du démon de la curiosité.

— Qui c'est? Un petit Français! Il n'en manque pas ici... Il me fait aussi la cour... Mais il est temps de prendre le café. Rentrons. Je suis sûre que vous avez déjà faim? Mon époux a sans doute décollé ses yeux.

« Époux ! décollé ses yeux ! » se dit Sanine à lui-même... Et avec cela elle a le plus pur accent parisien ! Quelle étrange créature ! »

Maria Nicolaevna ne s'était pas trompée. Quand ils rentrèrent à l'hôtel, ils trouvèrent son « époux » ou-sa « petite crêpe » assis, son fez sur la tête, devant la table mise.

— Je suis déjà las d'attendre, dit-il avec aigreur... J'étais sur le point de prendre le café sans toi.

— Bon, bon !... s'écria gaîment Maria Nico-laevna, tu t'es fâché? Cela te fera du bien. Sans cela tu serais complètement figé... Je t'amène un convive ! Sonne vite pour le café. Et maintenant prenons du café — le meilleur café qu'il y ait en ce monde, dans des tasses de Saxe, sur une nappe blanche comme la neige.

Elle enleva son chapeau, ses gants, et se mit à battre des mains.

Polosov la regarda sous les sourcils :

— Qu'est-ce qui vous met en gaîté aujour-d'hui, Maria Nicolaevna? demanda-t-il à demi-voix.

— Cela ne vous regarde pas, Hippolyte Si-dorovitch. Sonne ! Asseyez-vous, monsieur Sanine, et prenez du café pour la seconde fois ce matin ! Ah ! que j'aime à commander, c'est mon plus grand plaisir !

— Quand on vous obéit, marmotta de nouveau Polosov.

— Naturellement, quand on m'obéit. C'est pourquoi je suis si heureuse avec toi... N'est-ce pas, ma petite crêpe ?... Et voici le café.

Sur le vaste plateau qu'apporta le garçon se trouvait le programme du spectacle du soir. Maria Nicolaevna s'en empara aussitôt.

— Un drame ! dit-elle avec colère, un drame allemand. En tout cas cela vaut encore mieux qu'une comédie allemande !... Retenez pour moi une loge... une baignoire... Non... Je préfère la *Fremden-loge* (la loge des étrangers)... Vous entendez, garçon, la *Fremden-loge*.

— Mais si la *Fremden-loge* est déjà retenue par Son Excellence le *Stadt-Director*...

— Vous donnerez à Son Excellence dix thalers et la loge m'appartiendra ! Vous entendez !

Le garçon baissa tristement la tête d'un air soumis.

— Dmitri Pavlovitch, vous m'accompagnerez au théâtre ? Les acteurs allemands sont détestables ! — Mais vous m'accompagnerez ? Oui ? Oui ? Que vous êtes aimable !... Et toi, ma petite crêpe, tu ne viendras pas ?

— Comme tu voudras, répondit Polosov du
fond de sa tasse qu'il tenait entre ses lèvres.

— Sais-tu... reste à la maison. Tu dors toujours au théâtre... Et tu comprends mal l'allemand... Voici ce que tu feras : Tu écriras au
gérant pour lui donner une réponse au sujet
du moulin... Puis au sujet de la farine des
moujiks... Ecris-lui que je ne veux pas, je ne
veux pas, je ne veux pas !... Voilà de quoi t'occuper toute la soirée...

— Bon, ce sera fait ! répondit Palosov.

— Tu es un brave garçon... Et maintenant,
puisque j'ai parlé de régisseurs, abordons la
question principale... Oui, dis au garçon d'emporter tout cela... Maintenant exposez-nous
votre affaire, continua-t-elle s'adressant à
Sanine. Vous nous direz quel prix vous demandez, et quels arrhes vous désirez.

« Enfin, pensa Sanine, nous allons aborder la
question. »

— Vous m'avez déjà parlé, reprit madame
Polosov, vous m'avez admirablement décrit
votre jardin, mais « petite crêpe » n'était pas
là... Il faut qu'il entende aussi quelque chose...
Je suis heureux de penser qu'il est en mon

pouvoir de faciliter votre mariage. Puis je vous
ai promis de m'occuper de votre affaire après
le déjeuner, et je tiens toujours mes promesses ?
N'est-ce pas, mon ami ?

Polosov, de la paume de ses mains, se frotta
le visage...

— C'est la vérité même !... Vous ne trompez
jamais personne.

— Jamais ! Et je ne tromperai jamais personne... Eh bien ! monsieur Sanine, « défendez
votre cause », comme on dit devant les tribu-
naux...

XXXVII

Sanine « défendit sa cause », c'est-à-dire
que, pour la seconde fois, il se mit à décrire sa propriété, mais sans faire allusion
aux beautés de la nature. De temps en temps
il en appelait à Polosov qui devait confirmer
« les faits et les chiffres ».

Mais Polosov se contentait de marmotter en
branlant la tête. Approuvait-il ? Désapprou-
vait-il ? Bien habile eût été celui qui aurait pu
le dire !

D'ailleurs, Maria Nicolaevna n'avait pas besoin de son concours. Elle fit preuve de qualités administratives et économiques surpre-
nantes. Tous les détails de l'administration
d'une propriété lui étaient familiers. Elle s'en-

quérait de tout, entrait dans les plus minimes
détails, mettait les points sur les *i*.

Cet examen dura pourtant une heure et demie. Sanine ressentit tous les tourments d'un
accusé assis sur le banc étroit, devant un juge
sévère et pénétrant.

— Mais c'est un interrogatoire ? disait-il
douloureusement.

Maria Nicolaevna ne cessait de sourire,
comme pour montrer qu'elle badinait. Mais
Sanine n'en souffrait pas moins.

Lorsqu'il devint évident au cours de l'interrogatoire que le jeune homme ne distinguait
pas assez clairement la signification des mots
« nouveau partage » et « le labour », Sanine
sentit la sueur humecter son front.

— Bien, c'est bien, dit Maria Nicolaevna...
Je connais maintenant votre propriété comme
vous la connaissez vous-même... Combien me
demandez-vous par âme ?

A cette époque on vendait en Russie les propriétés à tant par tête de serf attaché à la propriété !

— Mais... je suppose... pas moins de cinq
cents roubles ? dit Sanine avec effort.

Oh ! Pantaleone, Pantaleone... Pourquoi n'étais-tu pas là pour lui crier encore : *bar-bari !*

Maria Nicolaevna leva les yeux au ciel comme si elle faisait un calcul.

— Bien ! dit-elle... cela me semble raisonnable... Mais je vous ai demandé deux jours de réflexion... Et vous devez attendre jusqu'à demain... Je crois que nous nous entendrons — et alors vous me direz combien vous désirez pour les arrhes...

— Et maintenant, *basta cosi !* ajouta-t-elle en voyant que Sanine se disposait à lui répondre... Nous nous sommes assez occupés comme ça du vil métal... A demain les affaires ! Savez-vous... Je vous rends votre liberté...

Madame Polosov consulta la petite montre émaillée qu'elle tenait dans sa ceinture.

— Je vous laisse votre liberté jusqu'à trois heures... Vous avez besoin d'un peu de repos... Allez jouer à la roulette.

— Je ne joue à aucun jeu de hasard.

— Vraiment ? Mais vous êtes la perfection même... Au reste, je ne joue pas non plus... C'est bête de jeter son argent au vent... de

perdre sûrement... Entrez pourtant dans la
salle, rien que pour regarder les têtes... Il y
en a de très drôles... Il y a une vieille dame
qui porte une ferronnière et qui a des moustaches !... L'ensemble est délicieux ! Il y a
aussi un prince russe — il est beau dans son
genre... Une figure majestueuse, le nez re-
courbé comme un bec d'aigle, et quand il
risque un thaler, il fait le signe de la croix
sous son gilet... Enfin, lisez les journaux...
Promenez-vous, faites ce que bon vous semble...
Seulement n'oubliez pas qu'à trois heures, je
vous attends... de pied ferme... Nous dînerons
de bonne heure ; ces ridicules Allemands com-
mencent le spectacle à six heures et demie !

Madame Polosov tendit la main à Sanine.

— Sans rancune, n'est-ce pas ?

— Mais, Maria Nicolaevna, pourquoi vous en
voudrais-je ?

— Mais parce que je vous ai tourmenté... Et
ce n'est pas fini, vous verrez ce qui vous
attend.

Maria Nicolaevna cligna des yeux — et toutes
ses petites fossettes éclatèrent sur ses joues
devenues rosées.

— Au revoir !

Sanine salua et sortit du salon.

Un rire bruyant éclata derrière lui, et la glace devant laquelle il passa refléta la scène suivante : Maria Nicolaevna avait enfoncé le fez de son mari jusqu'au nez et Polosov agitait désespérément ses deux bras pour se dégager les yeux.

XXXVIII

Oh ! quel profond soupir de joie poussa Sanine dès qu'il se retrouva dans sa chambre.

En effet, Maria Nicolaevna avait dit vrai : il avait besoin de repos, besoin de se reposer des nouvelles relations, des rencontres, des conversations, de tout le brouhaha qui s'était glissé dans sa tête et dans son âme, — de ce rapprochement imprévu, qu'il n'avait pas souhaité, avec une femme qui était pour lui une étrangère.

Et il lui avait fallu subir cette épreuve le lendemain du jour où il avait appris que Gemma l'aimait, et où elle était devenue sa fiancée !...

N'était-ce pas un sacrilège ?

Mentalement, il demanda mille fois pardon
à sa pure, à son immaculée tourterelle, bien
qu'il ne comprît pas de quoi il se sentait coupable. Il baisa encore et encore la petite croix
que Gemma lui avait donnée.

S'il n'avait pas eu l'espoir de boucler promp-
tement l'affaire qui l'avait amené à Wiesbaden, il se serait enfui de là, au galop, pour
retourner à son cher Francfort, dans cette
maison aimée qu'il regardait déjà comme un
peu sienne, aux pieds de Gemma.

Mais il n'y avait pas de remède à son mal !
Il fallait boire le calice jusqu'au fond, s'habiller, aller dîner, et de là au théâtre...

— Pourvu, se disait-il, qu'elle me laisse
partir demain !

Il y avait encore une chose qui le troublait
et le mettait en colère... Il pensait, sans doute,
avec amour, avec attendrissement, avec extase, avec reconnaissance à Gemma, à la vie
qu'ils mèneraient à eux deux, au bonheur qui
l'attendait dans l'avenir, et pourtant cette
femme étrange, cette madame Polosov, était
sans cesse devant ses yeux, « un crampon »,
s'avouait-il avec colère. Et il ne pouvait pas se

débarrasser de l'image de Maria Nicolaevna, s'empêcher d'entendre sa voix, chasser le souvenir de ses paroles, il ne pouvait se délivrer du parfum particulier, fin, frais, si pénétrant, comme le parfum d'un lis jaune, qu'exhalaient les vêtements de madame Polosov.

C'était évident, cette femme se moquait de lui... elle tâchait de s'emparer de lui de mille façons.

Dans quelle intention? Que lui voulait-elle? Etait-ce simplement le caprice d'une femme riche, gâtée... et sans scrupules?...

Et le mari? Quel être! Quelles sont donc ses relations avec sa femme?

Pourquoi Sanine ne parvenait-il pas à refouler toutes ces questions qui assiégeaient sa pauvre tête? En réalité ne pouvait-il penser à autre chose qu'à M. et madame Polosov? Pourquoi lui était-il impossible de chasser cette image qui le hantait sans cesse, même quand toute son âme se tournait vers une autre image, lumineuse et claire comme le jour?

Comment le visage de cette femme ose-t-il venir s'interposer entre lui et les traits divins de l'aimée? Non seulement ce visage s'interpose, mais il lui sourit effrontément.

Ces yeux gris, ces yeux d'oiseau de proie,
ces fossettes dans les joues, ces tresses serpen-
tines, est-il possible que tout cela l'enlace, et
qu'il n'ait plus la force de le repousser loin
de lui ?

Oh ! non ! C'est insensé ! Demain tout cela
aura disparu sans même laisser une trace.

Cependant le laissera-t-elle partir demain ?

Oui...

Sanine se posait toutes ces questions et
l'heure où il devait se rendre auprès de Marie
Nicolaevna approchait. Il passa son habit, et
après avoir fait un tour ou deux dans le parc,
il se présenta chez M. Polosov.

Il trouva dans le salon le secrétaire de l'ambassade russe, un long, long Allemand, très
blond, avec un profil chevalin et la raie derrière la tête, — mode alors toute nouvelle ; et
oh ! miracle ! qui encore ? — le baron von
Daenkoff, l'officier avec lequel Sanine s'était
battu trois jours auparavant ! Sanine ne s'attendait pas à le rencontrer chez madame Polosov, et involontairement il se troubla tout
en saluant l'officier.

— Vous connaissez ce monsieur ? demanda
Marie Nicolaevna, à qui l'embarras de Sanine
n'avait pas échappé.

-- Oui... J'ai déjà eu l'honneur..., répondit
Daenhoff. Et se penchant vers madame Polosov,
il ajouta à demi-voix :

-- C'est lui... votre compatriote... ce Russe...

— Vraiment ? s'exclama la jeune femme à
demi-voix, puis elle menaça l'officier du doigt
et commença aussitôt à lui faire ses adieux
ainsi qu'au long secrétaire d'ambassade. Ce
diplomate était évidemment fou de Marie Nicolaevna, à tel point qu'il ouvrait la bouche
d'admiration, chaque fois qu'il la regardait.

Daenhoff se retira aussitôt avec une docilité
aimable, comme un ami de la maison qui
comprend à demi-mot ce qu'on attend de lui ;
le secrétaire fit mine de vouloir s'éterniser,
mais Marie Nicolaevna le congédia sans cérémonie.

— Allez retrouver votre Altesse, lui dit-elle,
que faites-vous chez une plébéienne comme
moi ?

A cette époque vivait à Wiesbaden une
principessa di Monaco, qui ressemblait à s'y

méprendre à une demi-mondaine de mauvais
aloi.

— Mais, madame, toutes les princesses du
monde..., commença le malheureux secrétaire.

Cependant Maria Nicolaevna se montra impitoyable et le secrétaire, malgré sa raie, fut
obligé de partir.

Madame Polosov était habillée ce jour-là « à
son avantage », comme disaient nos aïeules.

Elle portait une robe de soie rose glacée
avec des manches à la Fontanges et un gros
diamant à chaque oreille. Ses yeux brillaient à
l'égal de ses diamants. Elle était de très bonne
humeur et en verve.

A table, Maria Nicolaevna plaça Sanine à
côté d'elle et lui parla de Paris, où elle pensait
se rendre dans quelques jours, et déclara
qu'elle en avait assez des Allemands, qu'ils
sont bêtes quand ils veulent faire de l'esprit,
et spirituels hors de propos quand ils disent
des bêtises, puis, tout à coup, à brûle-pour-
point, elle demanda à son voisin :

— Est-il vrai que vous vous êtes battu avec
l'officier que vous avez rencontré ici, il y a un
instant?

— Comment le savez-vous? s'écria Sanine pris au dépourvu.

— Eh! tout finit par se savoir, Dmitri Pavo-lovitch... je sais aussi que vous aviez raison, mille fois raison... je sais que vous vous êtes conduit en preux chevalier... Dites-moi, la dame en question était votre fiancée?...

Sanine fronça légèrement les sourcils.

— Ne me répondez pas, ne me répondez pas, ajouta-t-elle vivement, je vois que cela vous est désagréable... Pardonnez-moi... je ne demande rien! Ne vous fâchez pas.

A ce moment Polosov entra de la chambre voisine, un journal à la main.

— Qu'est-ce qui t'amène? Est-ce que le dîner est servi? demanda madame Polosov.

— On va servir le dîner... Sais-tu quelle nouvelle je trouve dans l'*Abeille du Nord?*... Le prince Gromoboï est mort.

Maria Nicolaevna leva la tête.

— Ah! que le Seigneur donne le repos à son âme!

Puis se tournant vers Sanine, elle ajouta :

— Toutes les années, au mois de février, le jour anniversaire de ma naissance, ce prince ornait mon appartement de camélias... Cependant, ce n'est pas la peine de rester à Saint-Pétersbourg tout l'hiver en prévision de cette surprise?... Il devait avoir au moins soixante-et-dix ans? demanda-t-elle à son mari.

— Oh oui! Mais quelles funérailles! Toute la Cour! Le journal publie aussi des vers du prince Kovrijkine à la mémoire du prince Gromoboï.

— Tant mieux!

— Veux-tu que je te les lise?

— Non, je n'y tiens pas... Allons dîner. Le vivant pense à la vie! Votre main, Dmitri Pavlovitch.

Le dîner était irréprochable comme la veille, et fut plus animé.

Maria Nicolaevna savait raconter, don rare chez une femme et surtout chez une femme russe. Elle ne choisissait pas ses expressions, et surtout n'épargnait pas ses compatriotes. Sanine éclata de rire plus d'une fois à ses mots à l'emporte-pièce qui frappaient toujours juste.

Maria Nicolaevna détestait par-dessus tout les dévots, les phraseurs et les menteurs. Et elle en trouvait partout...

On aurait dit qu'elle se glorifiait d'être née dans un milieu bas ; elle racontait des anecdotes assez étranges sur ses parents quand elle était enfant.

Sanine comprit que Maria Nicolaevna avait souffert dans sa vie plus que la plupart des jeunes femmes de son âge.

Quant à Polosov il mangeait avec réflexion, buvait attentivement et de loin en loin seulement levait sur sa femme et Sanine ses petits yeux blanchâtres qui paraissaient aveugles, mais qui en réalité voyaient très bien.

— Tu es bien sage, dit Anna Nicolaevna tout à coup à son mari... tu t'es si bien acquitté de toutes mes commissions à Francfort... Je t'embrasserais sur ton cher front, mais tu n'aimes pas cela...

— Non, je n'y tiens pas... répondit Polosov en coupant l'ananas avec un couteau d'argent.

Maria Nicolaevna le regarda et frappa sur la table avec ses doigts.

— Eh bien ! notre pari, le tiens-tu ?

— Oui, je le tiens !

— Bien, mais tu le perdras.

Polosov poussa son menton en avant.

24

— Eh bien! cette fois quelles que soient tes ressources, Maria Nicolaevna, je crois, que c'est toi qui perdras.

— Un pari? Sur quoi? Est-ce un secret? demanda Sanine.

— Non... je ne peux pas vous en parler maintenant... plus tard, répondit Maria Nicolaevna, et elle rit.

Sept heures sonnèrent. Le garçon vint annoncer que la voiture était avancée.

Polosov reconduisit sa femme jusqu'à la porte, puis retourna aussitôt dans son fauteuil.

— N'oublie pas la lettre au régisseur! lui cria madame Polosov de l'antichambre.

— Ne crains rien! J'écrirai... je suis un homme ponctuel.

XXXIX

En 1840, le théâtre de Wiesbaden était un édifice des plus laids, et sa troupe, par sa médiocrité prétentieuse et misérable, par sa routine banale et voulue ne s'élevait en rien au-dessus du niveau des théâtres allemands de l'époque... Le théâtre de Carlsruhe et sa troupe, sous la direction du « célèbre » Devrient, peut être regardé comme le modèle du genre.

Derrière la loge retenue par « Son Excellence madame von Polosov » — et Dieu sait comment le garçon avait pu louer cette loge! — il est évident qu'il ne s'était pas avisé d'offrir un pourboire au *Stadt-Director*, toujours est-il que derrière cette loge se trouvait un petit salon entouré de divans.

Avant d'entrer dans sa loge, Maria Nicolaevna pria Sanine de lever les écrans qui sé-
paraient la loge du théâtre.

— Je ne veux pas qu'on me voie, dit-elle. —
Ils viendraient tous m'ennuyer l'un après
l'autre.

Elle fit placer Sanine à côté d'elle, le dos à
la salle, afin que la loge semblât vide.

L'orchestre joua l'ouverture des *Noces de
Figaro*... Le rideau se leva. On donnait, ce
soir-là, une de ces pièces allemandes dans
lesquelles les auteurs qui avaient de la lecture
mais pas de talent, dans une langue choisie
mais morte, traitaient diligemment mais sans
adresse une idée « profonde » ou « palpitante
d'intérêt » représentant le « conflit tragique »
et exhalant un ennui... asiatique, comme il
existe un choléra asiatique.

Maria Nicolaevna écouta patiemment la
moitié de l'acte, mais quand le jeune premier
ayant appris la trahison de son amoureuse
(ce jeune premier était revêtu d'une redingote
couleur cannelle avec des bouffants et un col
de peluche, un gilet rayé avec des boutons de
nacre, un pantalon vert à sous-pieds de cuir

laqués, et des gants blancs de peau de chamois) quand ce jeune premier, appuyant les
deux poings sur sa poitrine et écartant les
coudes en avant, formant un angle aigu, se
mità hurler comme un chien, Maria Nicolaevna
n'y put plus tenir.

— Le dernier acteur français, s'écria-t-elle
avec indignation, dans la dernière ville de pro-
vince, joue mieux et avec plus de naturel que
cette célébrité allemande.

Madame Polosov passa dans le salon atte-
nant à la loge.

— Venez ici, dit-elle à Sanine, indiquant
de la main la place vacante à côté d'elle sur le
divan. Venez, nous causerons.

Sanine obéit.

Maria Nicolaevna le regarda.

— Vous êtes vraiment, obéissant! Votre
femme aura une vie facile avec vous. Cet imbécile, continua-t-elle en désignant du bout
de son éventail l'acteur qui hurlait toujours
il jouait le rôle du gouverneur dans une famille) me rappelle ma jeunesse. Moi aussi,
j'ai été amoureuse de mon gouverneur... c'était
ma première... non, ma seconde passion... La

24.

première fois j'étais amoureuse du frère convers du couvent de Don. J'avais douze ans. Je ne le voyais que le dimanche. Il portait une souta-nelle de velours, se parfumait d'eau de lavande, et se frayait un passage dans l'assemblée en te-nant l'encensoir et il disait aux dames en fran-çais : « Pardon, excusez ! » Il ne levait jamais les yeux et il avait les cils longs comme cela.

Maria Nicolaevna montra son petit doigt à Sanine, et avec l'ongle du pouce indiqua la moitié de sa longueur.

— Quant à mon gouverneur, continua ma-dame Polosov, il s'appelait monsieur Gaston !... Je dois vous dire qu'il était très savant et très sévère, il était Suisse... il avait une tête très énergique... des favoris noirs comme la poix... un profil grec... et des lèvres qui semblaient coulées en bronze !... Je le craignais ! C'est le seul homme que j'aie craint depuis que je suis au monde ! Il était le gouverneur de mon frère, qui est mort depuis... Il s'est noyé... Une bohémienne m'a prédit aussi une mort vio-lente... mais ces prédictions sont des enfan-tillages... Je n'y crois pas... Pouvez-vous vous figurer mon mari armé d'un stylet ?...

—La mort violente peut survenir autrement ? remarqua Sanine.

— Bêtises que tout cela ! Niaiseries !... Vous êtes superstitieux ?... Je ne le suis pas du tout... Ce qui doit arriver, arrivera... Monsieur Gaston demeurait chez nous et occupait la chambre au-dessus de la mienne. Souvent, la nuit je me réveillais et je l'entendais marcher au-dessus de ma tête... il se couchait tard et mon cœur se pâmait alors de vénération ou d'un autre sentiment... Mon père savait à peine lire et écrire... mais il nous a donné une bonne instruction... Vous ne vous doutez pas que je sais un peu de latin ?

— Vous savez le latin ?

— Oui, moi... C'est monsieur Gaston qui me l'a enseigné,... j'ai lu avec lui l'Enéide... c'est bien ennuyeux quoiqu'il y ait de beaux passages... Vous rappelez-vous quand Didon et Enée sont dans la forêt...

— Je me le rappelle, je me le rappelle, dit précipitamment Sanine.

Il avait depuis longtemps oublié son latin et n'avait conservé qu'une idée très vague de l'Enéide.

Maria Nicolaevna le regarda selon son habitude un peu de côté et en-dessous.

— N'allez pas en conclure que je suis très savante... Eh! mon Dieu. non, je ne suis pas savante du tout et je ne possède aucun talent... C'est à peine si je sais écrire... et je ne suis pas capable de lire à haute voix... je ne sais pas jouer du piano, ni dessiner, ni coudre... Voilà comment je suis, — rien de plus, rien de moins !

Elle écarta les bras.

— Je vous raconte tout cela, continua-t-elle, d'abord pour ne pas écouter ces imbéciles (elle indiqua la scène, où à ce moment à la place du jeune premier hurlait l'actrice, aussi les coudes en avant) et secondement parce que je suis en arrière avec vous... Vous m'avez raconté hier votre vie.

— Vous avez bien voulu m'interroger, dit Sanine.

Maria Nicolaevna se tourna brusquement vers lui et dit :

— Et vous, vous ne tenez pas à savoir quelle femme je suis? D'ailleurs, cela ne m'étonne pas, ajouta-t-elle en s'appuyant de nouveau contre les coussins du divan. Un homme qui est à la veille de faire un mariage d'amour et après un duel... peut-il penser à autre chose ?

Maria Nicolaevna resta pensive et se mit à mordiller le manche de son éventail, de ses dents grandes, mais égales et blanches comme le lait.

Sanine sentit de nouveau dans sa tête ce brouillard dont il ne parvenait pas à se débarrasser depuis deux jours.

Cette conversation à demi-voix, presque comme un murmure, l'excitait et achevait de le troubler.

— Quand donc tout cela finira-t-il? se demanda Sanine.

Les hommes faibles ne dénouent jamais eux-mêmes la situation, — ils attendent toujours que le dénoûment vienne de lui-même.

Quelqu'un éternua sur la scène.

Les auteurs avaient introduit cet éternûment en guise de « moment » ou « d'élément comique ! » C'était d'ailleurs le seul élément comique de toute la pièce, et les spectateurs leur en surent gré et se mirent à rire.

Cette hilarité ne fit qu'irriter encore plus Sanine.

Il y avait des instants où il ne savait s'il était fâché ou s'il était content, s'il s'ennuyait ou s'il s'amusait.

Oh ! si Gemma le voyait !

— Vraiment, c'est étrange, dit tout à coup Maria Nicolaevna, on vous annonce toujours et de la voix la plus calme : « Je vais me marier » et personne ne songe à vous dire calmement : « Je vais me jeter à l'eau ! » Et pourtant où est la différence?... Vraiment, c'est étrange.

Sanine éprouva un sentiment de dépit.

— Il y a une grande différence, Maria Nicolaevna... Il y a des gens qui n'ont pas peur de se jeter à l'eau : ils savent nager !... Puis si vous voulez parler de mariages étranges...

Il se tut subitement et se mordit la langue...

Maria Nicolaevna donna un petit coup d'éventail dans la paume de sa main.

— Continuez, Dmitri Pavlovitch, continuez... Je comprends ce que vous avez voulu dire : « Si nous parlons de mariage, madame, avez-vous pensé, je ne peux pas m'imaginer un mariage plus étrange que le vôtre... Je connais bien votre époux... je le connais depuis l'enfance !... » Voilà ce que vous avez voulu dire, vous qui savez nager...

— Permettez, dit Sanine !...

— N'ai-je pas raison ? Avouez que j'ai deviné ? reprit Maria Nicolaevna avec insistance... Regardez-moi bien en face, et dites-moi que je n'ai pas deviné juste !

Sanine ne savait plus que faire de ses yeux.

— Oui, j'avoue que vous avez deviné, puisque vous le voulez absolument, dit-il enfin.

Maria Nicolaevna branla la tête.

— Oui, oui... Et vous vous demandiez, vous qui savez nager, quelle est la raison de cet acte étrange, de la part d'une femme qui n'est ni pauvre, ni bête... et pas trop mal ?... Peut-être ne vous souciez-vous pas de le savoir ?... Mais c'est égal... Je vous en dirai la raison, seulement pas tout de suite... après la fin de l'entr'acte... Je crains qu'on ne vienne nous déranger...

Maria Nicolaevna n'avait pas achevé sa phrase

que la porte de la loge s'ouvrit à moitié, et une
face rouge, couverte de sueur huileuse, encore
jeune, mais déjà édentée, encadrée de longs
cheveux lisses, avec un nez aplati, flanquée
d'énormes oreilles, comme des ailes de chauve-
souris, portant des lunettes d'or sur de petits
yeux curieux et obtus, et un pince-nez par-
dessus les lunettes, — apparut dans l'entre-
bâillement de la porte en un sourire répu-
gnant... Cette tête salua, et un cou musculeux
saillit de l'ouverture.

Maria Nicolaevna lui fit signe avec son
mouchoir :

— Je n'y suis pas ! *Ich bin nicht zu hause !...*
Kchch... Kchkch....

La tête sembla surprise, eut un sourire
forcé et dit comme en sanglotant, pour imiter
Liszt dont autrefois il léchait les pieds : *sehr
Gut ! sehr Gut !* — et disparut.

— Qu'est-ce que c'est que cette apparition ?
demanda Sanine.

— Çà ? c'est le critique de Wiesbaden,
« homme de lettres ou *lohn-laquai* (valet à
gages) si vous voulez.... Il est payé par l'entre-
preneur du théâtre et il est obligé de trouver

tout ce qu'on joue admirable, splendide, bien qu'il regorge de fiel qu'il n'ose pas répandre... Il aime par-dessus tout papoter, et j'ai peur qu'il publie dans tout le théâtre que j'y suis.... Après tout, cela m'est égal....

L'orchestre joua une valse et le rideau se leva de nouveau !...

Sur la scène les grimaces et les hurlements reprirent de plus belle.

— Eh bien ! dit Maria Nicolaevna en se laissant choir sur le divan : puisque vous êtes captif, et obligé de rester auprès de moi au lieu d'admirer votre fiancée, — non, non, n'écarquillez pas les yeux, ne vous fâchez pas — je vous comprends et je vous ai déjà promis de vous laisser aller où bon vous plaira.... Maintenant écoutez ma confession... Voulez-vous savoir ce que j'aime le plus au monde?

— La liberté! dit Sanine.

Maria Nicolaevna posa sa main sur la main du jeune homme.

— Oui, Dmitri Pavlovitch — dit-elle très sérieusement, et sa voix vibra avec un accent de sincérité irrécusable.... la liberté avant tout et par-dessus tout !... Et ne croyez pas que

25

je m'en fasse un mérite, il n'y a rien là de mé-
ritoire — mais c'est ainsi, et il en sera ainsi jusqu'à ma mort. Il faut croire que dans mon
enfance j'ai vu l'esclavage de trop près, et j'en
ai trop souffert. Puis M. Gaston, mon gouverneur, a contribué aussi à m'ouvrir les yeux...
Maintenant vous comprenez pourquoi j'ai
épousé Polosov... avec lui je suis libre, tout à
fait libre, comme l'air, libre comme le vent!...
Et je le savais avant de me marier, je savais
qu'avec un tel mari je serais une libre Co-
saque...

Elle se tut et jeta de côté son éventail.

— Je vous dirai encore une chose : je ne
crains pas de réfléchir un peu... c'est amusant;
nous avons une intelligence pour penser....
mais je ne réfléchis jamais aux conséquences
de mes actes... et quand il le faut, je me laisse
aller... et ne m'inquiète plus de rien... J'ai
encore un dicton favori : « cela ne tire pas à
conséquence ». Ici bas, je n'ai pas de comptes
à rendre... et là-haut, (elle leva le doigt vers
le plafond), eh bien! là-haut qu'on fasse de
moi ce qu'on voudra... lorsqu'on me jugera
là-haut, — moi, je ne serai plus moi!...

Vous m'écoutez? Je ne vous ennuie pas?

Sanine était assis, penché en avant. Il leva la tête :

— Cela ne m'ennuie pas du tout, dit-il, et je vous écoute avec curiosité... seulement, je vous avoue que je me demande pourquoi vous me racontez tout cela?

Maria Nicolaevna se rapprocha légèrement de lui sur le divan.

— Vous vous le demandez? Avez-vous si peu de pénétration ou tant de modestie?

Sanine leva la tête encore un peu plus haut.

— Je vous raconte tout cela, continua madame Polosov d'une voix calme, mais qui n'était pas d'accord avec l'expression de son visage — parce que vous me plaisez beaucoup; oui, ne faites pas l'étonné, je ne plaisante pas.... Je serais très peinée si vous gardiez de moi, après notre rencontre, une mauvaise impression, ou même, sans être mauvaise, une impression fausse... C'est pour cette raison que je vous ai amené ici, que je reste seule avec vous, et que je vous parle avec cette sincérité, oui, oui, sincèrement. Je ne mens pas. Remarquez... je sais que vous

aimez une autre femme et que vous allez vous
marier.... Vous voyez bien que je suis désintéressée.... Pourtant.... voilà une bonne occasion pour vous de dire : *cela ne tire pas à
conséquence.*

Elle rit, mais s'interrompit brusquement au
milieu d'un éclat de rire — et resta immobile,
comme si ses paroles l'étonnaient elle-même,
puis dans ses yeux si gais d'ordinaire, si har-
dis, passa quelque chose qui ressemblait à de
la timidité, et même à de la tristesse.

« Serpent ! Oh ! elle est un serpent ! » pensa
Sanine, « mais quel beau serpent ! »

— Donnez-moi ma lorgnette, dit tout à
coup Maria Nicolaevna. Je désire voir cette
scène, est-il possible que la jeune première
soit aussi laide qu'elle semble d'ici? Vraiment,
à la voir, on croirait que le gouvernement l'a
choisie dans un but moral : pour ne pas sé-
duire les jeunes gens.

Sanine lui remit la lorgnette, elle la prit,
puis vivement et de ses deux mains effleura
les doigts du jeune homme.

— Ne prenez pas cet air sérieux? lui dit-
elle, vous savez... je ne me laisse pas mettre

des chaînes, mais aussi je n'en mets à personne. J'aime la liberté, et je ne reconnais pas de devoirs pour les autres, pas plus que pour moi..... Et maintenant tirez-vous un peu de côté et écoutons la pièce.

Maria Nicolaevna regarda la scène à travers sa lorgnette — et Sanine suivit son exemple. Assis à côté d'elle dans la demi-obscurité de la loge il respirait, respirait involontairement la chaleur et le parfum de ce corps de femme luxuriant, et involontairement encore il réfléchissait à tout ce qu'elle lui avait dit pendant toute cette soirée, et surtout pendant les dernières minutes.

XL

Le drame dura encore toute une heure, mais Maria Nicolaevna et Sanine au bout d'un moment cessèrent de regarder la scène. Ils recommencèrent à parler et toujours dans le même sens; seulement, cette fois, Sanine se montra beaucoup moins taciturne.

Il était mécontent de lui-même et de Maria Nicolaevna; il s'efforça de lui prouver que « ses théories » ne valaient rien, comme si Maria Nicolaevna tenait à des « théories ».

Sanine fit grand plaisir à madame Polosov en réfutant les arguments de la jeune femme : « S'il discute, se dit-elle, c'est qu'il capitule ou capitulera. Il a mordu à l'hameçon, il s'assouplit, il perd de sa sauvagerie !... »

Elle répliquait, riait, convenait avec lui

qu'il avait raison, restait absorbée, et tout à
coup reprenait l'offensive... Et pendant ce
temps leurs visages se rapprochèrent, et les
yeux du jeune homme ne se détournaient plus
des yeux de la jeune femme, qui erraient, se
promenaient sur ses traits, et Sanine souriait
en réponse, poliment, il est vrai, mais il souriait....

Elle était ravie de le voir discuter les questions abstraites, discourir de l'honneur dans
les relations intimes, du devoir, de la sainteté
de l'amour et du mariage.... C'est un lieu
commun : toutes ces abstractions sont bonnes
et très bonnes pour le début, comme point
de départ.

Les hommes de l'intimité de Maria Nicolaevna assuraient que lorsque dans cet être
vigoureux et fort pointaient la modestie, la
tendresse et la pudeur virginale, — Dieu sait
d'où ces vertus lui venaient — alors, oui alors
seulement, les choses prenaient une tournure
dangereuse.

L'entretien de Sanine et de Maria Nicolaevna
prenait cette tournure fâcheuse.

Il aurait ressenti un grand mépris de soi,

s'il avait pu un moment se concentrer en lui-
même », mais il n'eut le loisir ni de se concentrer, ni de se juger.

Maria Nicolaevna ne perdait pas non plus
son temps.

Et tout cela, parce qu'elle trouvait Sanine
très bien ! Involontairement on se dit : « comment savoir de quoi peut dépendre notre perte
ou notre salut. »

Enfin, la pièce finit ! Maria Nicolaevna pria
Sanine de lui mettre son châle, et resta immobile pendant qu'il enveloppait dans les
plis moelleux du cachemire des épaules vraiment royales. Elle prit le bras du jeune homme
et laissa presque échapper un cri : derrière la
porte de la loge se tenait, avec un air de revenant, Daenhoff, et par-dessus son dos le vilain
museau du critique de Wiesbaden guettait la
sortie de Maria Nicolaevna. Le visage huileux
de « l'homme de lettres » rayonna de malice.

— Me permettez-vous, madame, de faire
avancer votre voiture ? demanda le jeune officier à madame Polosov, avec un tremblement
de colère mal dissimulée dans la voix.

— Non, merci ; répondit-elle, mon laquais

s'en occupe... Restez! ajouta-t-elle d'une voix impérative.

Et elle sortit vivement en entraînant Sanine.

— Allez-vous-en au diable! Qu'avez-vous besoin d'être toujours sur mes talons! cria Daenhoff au critique.

Il avait besoin de déverser sur quelqu'un sa colère.

— *Sehr gût, sehr gût*, murmura le critique, et il disparut.

Le valet de Maria Nicolaevna, qui l'attendait dans le vestibule, en un clin d'œil trouva la voiture. Elle s'y blottit lestement; Sanine sauta après elle. La portière était à peine refermée que madame Polosov partit d'un éclat de rire.

— De quoi riez-vous? demanda Sanine.

— Oh! excusez-moi, je vous en prie... mais il m'est venu à l'esprit que Daenhoff pourrait vous provoquer encore une fois à cause de moi?... N'est-ce pas drôle?

— Vous le connaissez intimement? demanda Sanine.

— Ce gamin? Il sert à faire mes commissions! Ne vous en inquiétez pas.

— Je ne m'en inquiète nullement.

Maria Nicolaevna soupira.

— Ah ! je sais bien que cela ne vous inquiète pas !... Ecoutez pourtant... Vous êtes si gentil que vous ne refuserez pas ma dernière prière ?... N'oubliez pas que dans trois jours je pars pour Paris et vous retournez à Francfort... Nous reverrons-nous jamais ?

— En quoi puis-je vous être agréable ?

— Vous savez sans doute monter à cheval ?

— Oui, madame.

— Eh bien ! voici de quoi il s'agit. Demain matin nous ferons une promenade à cheval, et nous irons hors la ville. Nous aurons d'admirables chevaux... A notre retour nous terminerons notre affaire... et amen !... Ne me répondez pas que c'est un caprice et que je suis folle — c'est peut-être la vérité ! — mais dites-moi tout de suite : J'accepte !

Elle tourna vers Sanine son visage. Il faisait obscur dans la voiture, mais les yeux de Maria Nicolaevna brillèrent dans la nuit.

— Bien, j'accepte ! dit Sanine avec un soupir.

— Ah ! vous avez soupiré ! s'écria Maria

Nicolaevna en contrefaisant Sanine... Voilà ce
que c'est : le bouchon est tiré, il faut boire
le vin... Mais non, non... Vous êtes charmant!
Vous êtes un brave garçon ! Et ma promesse
je la tiendrai ! Voici ma main, sans gant, ma
main droite, celle qui conclut les affaires...
Prenez-la et croyez à ce serrement de main. Je
ne sais pas trop quelle sorte de femme je
suis... mais je suis un honnête homme, et
l'on peut traiter des affaires avec moi.

Sans bien se rendre compte de ce qu'il faisait, Sanine porta cette main à ses lèvres.

Maria Nicolaevna retira lentement sa main
et se tut, elle resta silencieuse jusqu'à ce que
la voiture stoppât devant l'hôtel.

Elle se disposa à descendre... Sanine sentit
sur sa joue un attouchement rapide et brûlant;
l'avait-il rêvé ?

— A demain ! murmura madame Polosov
dans l'escalier, éclairée par les quatre bougies du candélabre que le portier tout cha-
marré d'or avait saisi entre ses mains, dès
qu'il l'avait aperçue.

Elle tenait les yeux baissés : « A demain ! »

En rentrant dans sa chambre Sanine trouva

sur sa table une lettre de Gemma... Il eut un
mouvement d'effroi, mais il sourit aussitôt
pour se dissimuler à lui-même cette impression.

La lettre de Gemma ne contenait que quelques lignes.

Elle était heureuse d'apprendre que « l'affaire avait si bien commencé », elle exhor-
tait Sanine à la patience, l'assurait que tout
irait bien et d'avance se réjouissait de son retour.

Sanine trouva cette lettre un peu sèche,
mais il prit quand même une feuille de papier
et une plume... puis il les jeta de côté.

— A quoi bon écrire... je retournerai demain... Il en est temps ! Il en est grand
temps !

Il se coucha aussitôt et s'efforça de s'endor-
mir tout de suite.

S'il avait essayé de veiller, il aurait sans
doute pensé à Gemma, mais, sans savoir pourquoi, il avait honte de penser à elle. Sa
conscience n'était pas tranquille... Mais il la
calmait en se disant que le lendemain tout
serait fini pour toujours, qu'il se délivrerait

pour toujours de cette folle — et qu'il oublie-
rait toutes ces intrigues.

Les hommes faibles, quand ils se parlent à
eux-mêmes, emploient volontiers des mots
énergiques !

Et puis... cela ne tire pas à conséquence !

XLI

Telles étaient les réflexions que faisait Sanine en se couchant. Mais quelles furent ses impressions quand le lendemain matin Maria Nicolaevna heurta à sa porte avec le manche de corail de sa cravache, et qu'il la vit sur le seuil de sa chambre, tenant d'une main la traîne de son amazone bleu sombre, avec un petit chapeau d'homme posé sur les lourdes tresses de ses cheveux, le voile flottant sur l'épaule, et un sourire provocant sur les lèvres, dans les yeux, sur tout le visage.

Que se dit Sanine en ce moment?...

— Eh bien ! êtes-vous prêt, lui cria gaîment madame Polosov.

Sanine boutonna sa redingote et prit sans mot dire son chapeau.

Maria Nicolaevna lui jeta un regard joyeux, lui fit un petit signe de tête et descendit en courant l'escalier.

Il la suivit à la hâte.

Lés chevaux attendaient déjà dans la rue devant le perron. Ils étaient trois ; une cavale pur-sang d'un roux doré, avec des naseaux secs et découvrant les dents, des yeux noirs à fleur de tête, des jambes de cerf, un peu grêle, mais élégante et chaude comme le feu — elle était destinée à Maria Nicolaevna ; le cheval de Sanine était vigoureux, large, un peu lourd, sans marques ; le troisième cheval était pour le groom.

Maria Nicolaevna sauta légèrement sur son coursier. La cavale piaffa, se tourna de tous côtés, relevant la queue et ployant la croupe, mais Maria Nicolaevna, excellente écuyère, la maintint sur place.

Elle voulait dire adieu à Polosov, qui sortit sur le balcon coiffé de son fez et dans sa robe de chambre ouverte ; il agita son mouchoir de batiste, sans sourire, mais au contraire en se renfrognant.

Sanine se mit en selle et Maria Nicolaevna

du bout de sa cravache esquissa un salut à
l'adresse de Polosov, puis cingla d'un coup
l'encolure ambrée et plate de son cheval. La
cavale se dressa sur ses jambes de derrière,
bondit en avant et partit d'une allure élégante
et matée, frémissant dans toutes ses fibres et
portant sur le mors, humant l'air et reniflant
avec impétuosité...

Sanine suivait en regardant l'amazone ; sa
taille fine et flexible se balançait d'aplomb
avec souplesse et harmonie, étroitement sou-
tenue et dégagée par le corset.

Madame Polosov retourna la tête et du
regard appela Sanine. Ils cheminèrent de
front.

— Voyez comme il fait beau ! s'écria-t-elle...
Je vous le dis pour la dernière fois avant de
nous séparer — vous êtes adorable — et vous
ne vous repentirez pas d'être venu.

En prononçant ces mots elle les accompagna
de plusieurs mouvements de tête affirmatifs,
comme pour renforcer la signification de ces
paroles et les rendre plus pénétrantes.

Maria Nicolaevna semblait si heureuse que
Sanine en fut étonné : son visage avait cette

expression posée que prennent les enfants quand ils sont très, très sages.

Les chevaux allèrent au pas jusqu'à la barrière, assez rapprochée, puis ils partirent d'un grand trot.

Le temps était beau; un vrai ciel d'été; le vent venait à leur rencontre et bruissait et sifflait agréablement aux oreilles.

Ils éprouvaient un sentiment de bien-être : la conscience d'une vie jeune et puissante s'emparait d'eux dans cette course libre et fougueuse; ce sentiment grandissait de minute en minute.

Maria Nicolaevna ralentit l'allure de son cheval et se remit au pas; Sanine suivit son exemple.

— Voilà pourquoi il vaut la peine de vivre ! s'écria l'amazone avec un soupir profond et heureux. Quant on réussit à faire ce qui semblait impossible, il faut s'en saouler jusque-là!

Elle passa rapidement la main sous son menton.

— Et comme nous nous sentons meilleurs! Regardez comme je suis bonne en ce moment... Il me semble que j'embrasserais le monde

26.

entier!... Non, pas tout entier... En voilà un
que je n'embrasserais pas...

Du bout de sa cravache, elle indiqua un
vieillard, pauvrement vêtu et qui suivait le
bord de la route à côté d'eux.

— Mais je suis prête à le rendre heureux...
Voici pour vous, eh! cria-t-elle en allemand.

Elle jeta sa bourse aux pieds du vieillard.
On ne connaissait pas encore les porte-monnaie, et le petit filet tomba lourdement sur le
chemin avec un bruit sec.

Le passant étonné s'arrêta.

Maria Nicolaevna éclata de rire et mit son
cheval au galop.

—Êtes-vous toujours aussi gaie quand vous
allez à cheval? demanda Sanine à madame Polosov quand il l'eut rejointe.

Maria Nicolaevna tira brusquement les rênes,
elle n'arrêtait jamais autrement son cheval.

— Je voulais seulement échapper aux remerciements... Les remerciements gâtent mon
plaisir... Ce n'est pas pour son plaisir que je
lui ai laissé ma bourse, mais pour le mien...
Pourquoi me remercierait-il?... Qu'est-ce que

vous m'avez demandé tout à l'heure? Je n'ai pas entendu.

— Je vous ai demandé... j'ai voulu savoir pourquoi vous êtes si gaie aujourd'hui?

Mais soit que Maria Nicolaevna de nouveau n'eût pas entendu la question, soit qu'elle jugeât inutile de répondre, elle dit :

— Savez-vous... ce groom qui se balance derrière nous, m'agace... Comment nous débarrasser de lui?

Elle sortit vivement un carnet de sa poche.

— Je vais lui remettre une lettre à porter à la ville... Non, cela ne va pas... Ah! cette fois j'ai trouvé!... N'est-ce pas un traiteur, là-bas, devant vous ?

Sanine regarda dans la direction indiquée.

— Oui, c'est un restaurant, il me semble.

— Parfait!... Je vais lui dire de rester là et de boire de la bière jusqu'à notre retour.

— Mais qu'est-ce qu'il pensera?

— Qu'est-ce que cela peut nous faire? Puis, il ne pensera rien du tout, il boira de la bière, et voilà tout... Allons, Sanine — elle l'appelait pour la première fois Sanine tout court — en route, au trot!

Quand les cavaliers se trouvèrent devant le restaurant, Maria Nicolaevna appela le groom et lui donna ses ordres. Le groom, Anglais de naissance et de tempérament, porta sans dire un mot la main à la visière de sa casquette, sauta de cheval et prit l'animal par la bride.

— Maintenant, nous sommes des oiseaux libres ! cria Maria Nicolaevna. Où irons-nous ? Au nord, au midi, à l'occident, à l'orient ?... Regardez, je suis comme le roi de Hongrie lors de son couronnement (elle indiqua du bout de sa cravache les quatre points cardinaux). L'univers est à nous. Eh bien ! vous voyez ces montagnes. — Ah ! quelles forêts ! Là-bas, dans les monts, dans les monts... *In die Berge, In die Berge, wo die Freiheit thront.* — (Dans les monts, dans les monts où règne la liberté.)

Maria Nicolaevna quitta la route et galopa dans un étroit chemin à peine frayé qui semblait, en effet, conduire directement à la montagne.

Sanine s'élança sur ses pas.

XLII

L'étroit chemin devint bientôt un .sentier à
peine visible et finit par s'effacer complètement,
coupé par un fossé.

Sanine était d'avis de rebrousser chemin,
mais Maria Nicolaevna se récria :

— Non, non, je veux aller à la montagn .
Allons à travers champs, tout droit, comme les
oiseaux volent.

Elle obligea son cheval à sauter par-dessus
le fossé. Sanine en fit autant.

De l'autre côté s'étendait une prairie, d'abord
sèche, ensuite humide et qui finit dans un
marécage ; on voyait l'eau sourdre partout et
former par place des mares.

Maria Nicolaevna conduisit exprès son cheval

en plein dans le marais, et se mit à rire en criant :

— Faisons l'école buissonnière ! Vous savez ce que c'est que de chasser au moment des eaux printanières, demanda-t-elle à Sanine.

— Je le sais, répondit le jeune homme.

— J'avais un oncle, continua-t-elle, qui aimait beaucoup la chasse. Je l'accompagnais souvent... au printemps, c'est adorable !... Nous aussi, aujourd'hui, nous nous retrempons dans les eaux printanières... Seulement je vois que vous êtes un vrai Russe, et vous voulez épouser une Italienne... Enfin, c'est votre sort !... Tiens ! encore un fossé ! Hop, hop, hop !...

La cavale franchit le ravin, et le chapeau de Maria Nicolaevna s'envola, ses cheveux se déroulèrent sur son dos.

Sanine voulut sauter à bas de son cheval pour ramasser le chapeau, mais l'amazone le retint :

— Ne descendez pas de cheval, je le reprendrai moi-même...

Elle se pencha très bas tout en restant en selle, accrocha le voile avec le manche de sa cravache et ramassa son chapeau ; elle le remit sans relever ses cheveux et reprit sa course en criant : Hip! hip!

Sanine galopait à côté de Maria Nicolaevna; avec elle il sautait les fossés, les haies, les ruisseaux ; il montait et descendait, gravissant la montagne, redescendant le versant opposé, et tout le temps il gardait les yeux attachés sur le visage de sa compagne.

Quel éclat! tout ce visage s'épanouissait : les yeux se dilataient, avides, clairs, sauvages; les lèvres s'ouvraient, les narines palpitaient et humaient l'air avidement. Maria Nicolaevna regardait droit devant elle, embrassant tout l'horizon du regard, son âme semblait s'emparer de tout ce qu'elle voyait, prenait possession de la terre, du ciel, du soleil et même de l'air; elle n'avait qu'un regret : pourquoi rencontrait-elle si peu d'obstacles, elle voudrait vaincre encore, encore...

— Sanine, cria-t-elle... c'est tout à fait comme dans la *Lénore* de Burger; seulement vous n'êtes pas mort? N'est-ce pas, vous n'êtes pas mort? Moi, je suis bien vivante...

Ce n'était plus une amazone qui galopait,

c'était un jeune centaure féminin — demi-animal, demi-Dieu! — Et cette terre docile et bien disciplinée s'étonne devant la bacchante qui la piétine.

Enfin, Maria Nicolaevna arrêta son cheval trempé de sueur et couvert de boue.

La cavale fléchissait sous l'écuyère, et le puissant et lourd étalon de Sanine perdait son souffle.

— Eh bien? c'est beau? demanda Maria Nicolaevna dans un murmure d'extase.

— C'est beau! répondit avec transport Sanine.

Son sang bouillonnait aussi.

— Attendez! vous verrez ce qui nous attend encore!

Elle lui tendit la main, son gant était déchiré.

— Je vous ai dit que je vous amènerais dans la forêt, « vers les monts! vers les montagnes! »

En effet, couronnée par un mont altier, la montagne se dressait à deux cents pas du lieu où se trouvaient les sauvages cavaliers.

— Regardez, voici le chemin... Rajustons-nous un peu... et en route! Mais au pas!... Il faut permettre à nos chevaux de respirer un peu.

Ils se remirent en marche. D'un grand coup de main, Maria Nicolaevna rejeta en arrière ses cheveux. Elle examina ses gants et les retira.

— Mes mains sentiront le cuir, dit-elle... Mais cela nous est égal.

Elle souriait et Sanine souriait aussi.

Cette course échevelée les avait rapprochés et unis.

— Quel âge avez-vous? demanda-t-elle tout à coup.

— Vingt-deux ans.

— Est-ce possible ?... Moi aussi j'ai vingt-deux ans... C'est un bon âge... Additionnez toutes nos années et vous serez encore loin de la vieillesse... Pourtant il fait chaud... Dites-moi, est-ce que je suis rouge?

— Comme une fleur de pavot !...

Elle passa son mouchoir sur son visage.

— Dès que nous serons dans le bois, il fera frais... C'est un vieux bois... comme qui dirait un vieil ami... Avez-vous des amis ?...

Sanine réfléchit un instant.

— Oui, j'en ai... mais peu... De vrais amis, je n'en ai pas...

— Moi, j'ai de vrais amis, mais ils ne sont pas vieux... ce cheval, par exemple, c'est aussi un ami... Comme il me porte délicatement ! Ah ! oui, l'on est très bien ici ! Est-il possible que je parte pour Paris après-demain ?

— Est-ce possible ? répéta Sanine.

— Et vous, vous partirez pour Francfort ?

— Oh ! moi, certainement, je retournerai à Francfort.

—Eh bien ! allez-y... Je vous donnerai ma bénédiction... Mais aujourd'hui, c'est notre jour, à nous, à nous... rien qu'à nous !

Les chevaux avaient atteint la lisière du bois et ils pénétrèrent dans la forêt. L'ombre fraîche les enveloppa doucement de toutes parts.

— Oh ! mais c'est le paradis ici ! cria Maria Nicolaevna... Allons au plus profond, plongeons-nous dans cette ombre, Sanine.

Les chevaux avançaient lentement dans les profondeurs de la forêt, se balançant et re- niflant.

Le sentier qu'ils suivaient changea subi- tement de direction et s'engagea dans un défilé très étroit. L'odeur de la bruyère, des fou- gères, de la résine de pin, de la fane de l'année précédente montait du sol... des crevasses de rochers bruns s'exhalait une fraîcheur pénétrante... Des deux côtés du chemin s'élevaient des monticules couverts de mousse verte.

— Arrêtons-nous ! cria Maria Nicolaevna, je veux me reposer sur ce velours. Aidez-moi à descendre de cheval.

Sanine mit pied à terre et courut auprès de madame Polosov. Elle s'appuya sur ses épaules, sauta vivement à terre, et s'assit sur un tertre de mousse.

Sanine resta debout devant elle, tenant les deux chevaux par la bride.

Maria Nicolaevna leva les yeux sur lui.

— Sanine, savez-vous oublier ?

Sanine se rappela ce qui s'était passé la veille en voiture...

— Est-ce une question... ou un reproche ? demanda-t-il.

— De ma vie je n'ai adressé un reproche à quelqu'un... Croyez-vous aux ensorcellements ?

— Comment ?

— Par des enchantements.... comme disent chez nous les moujiks dans leurs chansons.

— Ah ! voilà ce que vous voulez dire.

— Oui... c'est cela... j'y crois... y croyez-vous ?

— L'ensorcellement... l'enchantement... répéta Sanine... Tout est possible dans ce monde... Autrefois je n'y croyais pas, maintenant j'y crois... Je ne me reconnais plus...

Maria Nicolaevna réfléchit un instant puis regarda autour d'elle.

— Il me semble que je connais cet endroit... Sanine, regardez s'il n'y a pas une croix rouge sur le tronc de ce grand chêne, derrière... Y est-elle ?

Sanine s'approcha de l'arbre...

— Oui, il y a une croix.

Maria Nicolaevna sourit :

— Ah bon ! Je sais maintenant où nous nous trouvons... Nous ne nous sommes pas écartés de notre route... Qui est-ce qui cogne comme ça ?... Un bûcheron ?

Sanine regarda dans la direction du bruit.

— Oui... un homme coupe les branches mortes...

— Je veux mettre mes cheveux en ordre... On peut me voir et me juger...

Elle souleva son chapeau et se mit à natter ses longues tresses, gravement et sans prononcer une parole.

Sanine restait toujours debout devant elle.

Les formes élégantes de la jeune femme se dessinaient nettement sous les plis sombres du drap, auquel ici et là se collaient des brins de mousse.

Un des chevaux tout à coup se secoua derrière Sanine. Le jeune homme tressaillit de la tête aux pieds; tout se brouillait devant ses yeux, ses nerfs étaient tendus comme des cordes de violon.

Il disait la vérité en assurant qu'il ne se reconnaissait plus. En effet, il était ensorcelé... Tout son être était possédé d'une seule pensée, d'un seul désir.

Maria Nicolaevna jeta sur lui un regard pénétrant.

— Maintenant tout est en ordre, dit-elle en remettant son chapeau... Pourquoi restez-vous debout? Asseyez-vous ici... Non... attendez!... Ne vous éloignez pas... Qu'est-ce qu'on entend?

Un bruit sourd roula par-dessus les cimes des arbres, ébranlant l'air dans le bois.

27.

— Est-ce possible ? Le tonnerre ?

— On dirait, en effet, que c'est le tonnerre...

— Mais c'est une véritable fête... Quelle fête... C'est la seule chose qui nous manquait...

Pour la seconde fois un bruit sourd retentit et s'abattit en longs roulements.

— Bravo, bis ! Vous rappelez-vous ce que je vous disais hier de l'Enéïde ?... *Eux* aussi ils ont été surpris par l'orage dans une forêt... Maintenant, sauvons-nous.

Elle se releva d'un bond.

— Amenez-moi mon cheval... Présentez-moi votre main... Ainsi... Je ne suis pas lourde.

Elle s'élança en selle, légère comme un oiseau.

Sanine remonta à cheval.

— Vous voulez rentrer ? demanda-t-il d'une voix mal assurée.

— Rentrer ! dit-elle en accentuant lentement les syllabes tout en rassemblant les brides.

— Suivez-moi, cria-t-elle à Sanine d'un ton de commandement.

Elle rejoignit le sentier et après avoir passé la croix rouge, elle descendit dans un chemin enfoncé, arriva à un carrefour, tourna à droite, et de nouveau gravit la montagne.

L'amazone savait évidemment où elle allait, le chemin qu'elle avait choisi pénétrait toujours plus dans les profondeurs de la forêt.

Maria Nicolaevna ne parlait pas, ne regardait pas son compagnon ; elle avançait d'un air impérieux, et Sanine la suivait docilement sans une étincelle de volonté dans son cœur qui se pâmait.

Une pluie fine commença à tomber. Maria Nicolaevna accéléra la marche de son cheval et Sanine en fit autant.

Enfin, à travers la verdure sombre des sapins, Sanine aperçut à l'abri du rocher gris une misérable hutte avec une porte dans le mur formé de branches entrelacées.

Maria Nicolaevna obligea son cheval à se frayer un passage entre les sapins, puis elle sauta à terre, et courut devant l'entrée de la guérite. Alors, se tournant vers Sanine, elle murmura : Enée !

Quatre heures plus tard, Maria Nicolaevna et Sanine accompagnés du groom, qui dormait en selle, rentraient dans leur hôtel à Wiesbaden.

Polosov vint au-devant de sa femme en tenant à la main la lettre qu'il avait écrite au régisseur, mais ayant regardé avec attention Maria Nicolaevna, son visage exprima du mécontentement et il dit à demi-voix :

— Est-il possible que j'aie perdu mon pari ?

Pour toute réponse madame Polosov haussa les épaules.

Le même jour, deux heures plus tard, Sanine, dans la chambre de Maria Nicolaevna, se tenait devant elle, éperdu, comme un homme qui sombre.

— Alors, où vas-tu ? lui demanda-t-elle, à Paris ou à Francfort ?

— Je vais où tu seras, — et je resterai près de toi jusqu'à ce que tu me chasses, répondit-il avec désespoir en baisant les mains de sa dominatrice.

Maria Nicolaevna retira ses mains, les posa sur la tête du jeune homme et empoigna les cheveux de ses dix doigts. Elle caressait et tournait lentement ces pauvres boucles puis se redressa toute droite, avec un sifflement de serpent triomphant sur les lèvres — tandis que ses yeux larges et clairs jusqu'à devenir blancs n'exprimaient que le rassasiement et la férocité impitoyable de la victoire.

Le vautour quand il dépèce sa proie a ces yeux-là.

XLIII

Voilà les souvenirs qui assaillirent Sanine
quand en rangeant ses papiers dans le silence
du cabinet, il retrouva la petite croix de grenat.

Tous ces événements se retracèrent nettement et avec suite dans sa mémoire.

Mais quand il arriva au moment où il se revit adressant à madame Polosov des supplica-
tions humiliantes, se laissant fouler aux pieds,
quand il revécut ses jours d'esclavage, il se
détourna des images évoquées, et ne voulut
plus se souvenir.

Ce n'est pas que sa mémoire lui fît défaut...
Oh, non! Il savait, il ne savait que trop bien
tout ce qui s'était passé depuis ce moment,

mais la honte l'étouffait — même en ce jour,
après tant d'années écoulées, il a peur de ce
sentiment de mépris pour lui-même qui re-
viendra, il le sait, noyer sous sa vague toutes
les autres impressions, s'il n'ordonne pas à sa
mémoire de se taire.

Mais il a beau se détourner de ces souvenirs,
il ne parvient pas à les effacer complètement.

Il se rappelle la vilaine lettre, fausse et
pleurnichante, qu'il a envoyée à Gemma et
pour laquelle il n'a pas reçu de réponse...

Après une pareille trahison pouvait-il la revoir, retourner chez elle?... Non! non! Il avait
encore assez de conscience et d'honnêteté pour
ne pas commettre une telle action. Il avait
perdu toute confiance en lui, tout respect de
soi-même, il ne pouvait plus rien garantir.

Sanine se rappela encore comment, après
— ô honte! — il envoya le valet de Polosov à
Francfort pour prendre ses effets; et lui, il
avait peur, il ne pensait qu'à une chose, partir le plus vite possible pour Paris, pour Paris!
Il revit comment, sur l'ordre de Maria Nicolaevna, il fit la cour à son mari, et l'aimable
avec Daenhoff, qui avait au doigt une bague

de fer comme celle que Maria Nicolaevna avait donnée à Sanine ! ! !

Ensuite vinrent des souvenirs plus tristes, plus honteux encore.

Un matin le garçon lui remit une carte de visite portant le nom de Pantaleone Cippatola, chanteur italien de S. A. R. le duc de Modène. Et Sanine refusa de voir le vieillard, mais il ne put échapper à une rencontre dans le couloir.

Il revoit le visage irrité de l'ex-chanteur dont le toupet se hérissait encore et ses yeux brillaient comme des tisons ; et il entend encore ses exclamations et ses malédictions : *Maledizione!*

Ces mots affreux retentissent encore à ses oreilles : *Codardo ! Infame traditore !* (Lâche, traître infâme.)

Sanine ferme les yeux et secoue la tête, il regarde à droite, à gauche, mais malgré lui il se voit de nouveau dans la dormeuse, sur l'étroite banquette de devant ; sur les sièges du fond sont confortablement assis Maria Nicolaevna et Polosov ; quatre chevaux emportent joyeusement la voiture loin de Wiesbaden... à Paris ! à Paris !

Polosov mange une poire que Sanine lui a
préparée, et Maria Nicolaevna le regarde, lui,
son serf, avec ce sourire qu'il connaît déjà, le
sourire du propriétaire, du seigneur...

Mais, ô Dieu! là, au coin de la rue, un peu
après la sortie de la ville — n'est-ce pas de
nouveau Pantaleone? Et qui est avec lui? Emilio! Oui, ce beau garçon enthousiaste, qui lui
était si fort attaché.

Y a-t-il longtemps que ce jeune cœur ado-
rait en lui un héros, un idéal? — Et maintenant son pâle et beau visage, si beau que
Maria Nicolaevna l'a remarqué et se met
à la portière pour le regarder, — ce visage est plein de rage et de mépris. Les yeux,
qui ont tant de ressemblance avec *d'autres
yeux*, s'attachent sur Sanine et les lèvres se
serrent... puis s'ouvrent brusquement pour
lancer l'injure...

Et Pantaleone étend la main et désigne Sanine — à qui? A Tartaglia qui est là, lui aussi,
et Tartaglia aboie contre Sanine, et l'aboiement
de cet honnête chien résonne à ses oreilles
comme une injure intolérable... Quelle honte!

Enfin — la vie de Sanine à Paris et toutes

28

les humiliations, toutes les viles tortures de l'esclave, à qui l'on ne permet ni d'être jaloux ni de se plaindre, et qu'on abandonne un jour comme un vêtement usé.

Ensuite vient le retour dans la patrie — la vie brisée, vidée ; le petit train des petites choses, l'amer repentir inutile, et l'oubli non moins amer et non moins inutile.

C'est le châtiment secret mais continuel, de chaque instant, comme une douleur sourde mais inguérissable, l'acquittement sou par sou d'une dette dont on ne peut même pas mesurer l'étendue.

Le calice est rempli... Assez !

Comment se fait-il que la petite croix que Gemma a donnée à Sanine soit encore là ? Pourquoi ne l'a-t-il pas rendue ? Pourquoi jusqu'à ce jour ne l'a-t-il pas retrouvée ?

Sanine resta longtemps, bien longtemps absorbé dans ces réflexions, — et déjà assagi par l'expérience de l'âge, il ne comprend pas comment il a pu abandonner Gemma qu'il a aimée si tendrement et avec tant de passion... pour une femme qu'il n'a jamais aimée ?...

Le lendemain, Sanine étonna fortement ses
amis et ses relations en leur annonçant qu'il
partait pour l'étranger.

Dans le monde cette nouvelle intrigua beaucoup : Sanine quittait Saint-Pétersbourg au
milieu de l'hiver, quand il venait de meubler
un appartement confortable et de prendre un
abonnement à l'Opéra-Italien où devait chanter
la Patti en personne... Oui, la Patti, la Patti
elle-même !...

Les amis de Sanine recherchèrent les causes
de son départ, mais les hommes n'ont pas
beaucoup de temps pour s'occuper des affaires
d'autrui, et le jour où Sanine partit pour
l'étranger, une seule personne l'accompagna
à la gare ; c'était son tailleur, un Français, qui
avait l'espoir de faire régler une note en souffrance « pour un saute-en-barque en velours
noir... et tout à fait chic. »

XLIV

Sanine avait annoncé à ses amis qu'il partait pour l'étranger, mais il ne leur avait pas dit où il allait.

Il se rendit directement à Francfort. Le quatrième jour il arriva dans cette ville où il n'était pas revenu depuis 1840.

L'hôtel du « Cygne Blanc » était toujours à la même place, mais n'était plus un hôtel de premier ordre.

La *Zeile*, la rue principale de Francfort, avait peu changé, mais il ne restait plus trace de la rue où se trouvait jadis la confiserie Roselli.

Sanine erra comme un fou dans ces lieux si familiers autrefois et où il ne reconnaissait plus rien; les anciennes maisons avaient dis-

paru pour faire place à de hautes construc-
tions et à d'élégantes villas ; même le jardin
public où Sanine avait eu un rendez-vous avec
Gemma, s'était agrandi et avait changé au
point que Sanine se demanda s'il ne s'était pas
trompé de jardin?

Comment se retrouver? A qui s'adresser?
Trente ans s'étaient écoulés.

Les personnes que Sanine avait interrogées
n'avaient jamais entendu le nom de Roselli ; le
maître d'hôtel lui avait conseillé de prendre des
renseignements à la Bibliothèque publique, où
il trouverait de vieux journaux, mais comment
ces vieux journaux lui fourniraient-ils les in-
dications qu'il cherchait? Personne ne put le
lui expliquer.

Dans son désespoir, Sanine demanda des
nouvelles de M. Kluber.

Oh! celui-là, tout le monde le connaissait,
mais ces renseignements n'éclairèrent pas
Sanine sur ce qu'il désirait savoir. L'élégant
commis, sa fortune faite, s'était livré à des
spéculations, avait fait faillite et était mort en
prison...

Ces nouvelles d'ailleurs laissèrent Sanine

très indifférent, et il commençait à se dire qu'il
avait agi précipitamment en venant comme
cela à Francfort, lorsqu'un jour en feuilletant
un livre d'adresses, il tomba sur le nom de
Von Daenhoff, major en retraite.

Il s'empressa de prendre une voiture et de
se faire conduire à l'adresse indiquée, sans
savoir si ce Daenhoff était l'officier qu'il avait
connu, ou, dans le cas où ce serait bien lui,
s'il pourrait lui dire ce que la famille Roselli
était devenue.

Mais le noyé s'accroche à une paille.

Sanine trouva le major von Daenhoff chez
lui, et dans cet homme à tête blanche il reconnut d'emblée son ancien adversaire.

Daenhoff le reconnut également et fut très
content de le voir, cela lui rappelait sa jeunesse
et ses aventures.

Sanine put apprendre enfin de lui que la famille Roselli avait depuis longtemps émigré
en Amérique, à New-York, que Gemma avait
épousé un négociant et que le major connaissait un marchand de Francfort qui devait avoir
l'adresse du mari de Gemma, car il avait des
relations avec l'Amérique.

Sanine pria le major Daenhoff de lui procurer cette adresse — et, ô joie ! son ancien adversaire la lui rapporta : M. Jeremiah Slocum, New-York, Broadway n° 501.

Il est vrai qu'elle datait de 1863.

— Espérons, s'écria Daenhoff, que notre beauté de Francfort est encore de ce monde et qu'elle demeure toujours à New-York.

Puis, baissant la voix, il ajouta :

— A propos, et cette dame russe, vous savez qui je veux dire, qui était à Wiesbaden — madame von Bo... von Bozolov. — Elle vit toujours ?

— Non, répondit Sanine, il y a longtemps qu'elle est morte.

Daenhoff baissa les yeux, mais voyant que Sanine détournait la tête et se renfrognait, il ne dit plus rien et se retira.

Le jour même Sanine envoya une lettre à madame Gemma Slocum à New-York. Il lui dit qu'il lui écrivait de Francfort où il était venu à sa recherche ; qu'il comprenait parfaitement qu'il n'avait pas le droit d'espérer une réponse, car il ne méritait pas son pardon ; il n'avait qu'un espoir, c'est qu'au sein de son bonheur elle avait depuis longtemps oublié jusqu'à son existence.

Il ajouta qu'il s'était décidé subitement à lui écrire à la suite d'une circonstance qui avait évoqué devant lui les images du passé avec une force extraordinaire.

Il raconta sa vie solitaire, sans famille, sans joie, et la pria de ne pas se méprendre sur les motifs qui l'avaient déterminé à écrire cette lettre; il ne voulait pas emporter dans la tombe la conscience qu'une faute, qu'il avait cruellement expiée, n'avait pas été pardonnée.

Il l'implorait de lui écrire seulement deux mots pour lui dire comment elle se trouvait dans la nouvelle patrie qu'elle s'était choisie.

« En m'envoyant ne fût-ce qu'un mot, ajoutait Sanine en terminant sa lettre, vous ferez une bonne action, digne de votre belle âme, et je vous en serai reconnaissant jusqu'à mon dernier soupir. Je suis actuellement à l'hôtel du *Cygne Blanc*, à Francfort, et j'attendrai ici votre réponse jusqu'au printemps. » Il souligna ces derniers mots.

Sanine expédia sa lettre et l'attente commença.

Il passa six semaines à l'hôtel sans sortir de sa chambre et ne voyant personne. Ses amis de Russie ne pouvaient pas lui écrire n'ayant pas son adresse, et Sanine s'en félicitait ; il savait que lorsqu'il recevrait une lettre, il saurait de *qui* elle vient.

Il lisait du matin au soir, non des journaux mais des livres sérieux, des livres d'histoire.

Ces lectures prolongées, ce silence, cette vie repliée sur soi-même répondait à son état d'âme. Il savait gré à Gemma de la lui avoir indirectement procurée.

Mais est-elle vivante ? Lui répondra-t-elle ?

Enfin, la lettre si longtemps attendue arriva, portant un timbre américain et venant de New-York ! La suscription de l'enveloppe était d'écriture anglaise.

Sanine ne reconnut pas cette écriture et son cœur se serra. Il avait peur d'ouvrir cette lettre. Il regarda la signature : Gemma !

Il fondit en larmes.

Ce nom écrit au bas de la page sans être accompagné du nom de famille était un gage de pardon.

Il déplia une fine feuille de papier à lettres bleu — une photographie tomba sur le plancher. Il la releva précipitamment, et resta ébahi : Gemma, Gemma jeune, comme il l'a connue il y a trente ans. Les mêmes yeux, la même bouche, le même type de visage.

Sur l'envers de la carte était écrit : « Ma fille Marianna. »

La lettre était simple et pleine de bonté.

Gemma remerciait Sanine de ne pas avoir douté d'elle, d'avoir eu confiance en elle. Elle ne lui cacha pas qu'elle avait cruellement souffert après la fuite de son fiancé, mais elle ajouta qu'elle avait regardé et regarderait toujours sa rencontre avec Sanine comme un bonheur, car cette rencontre l'avait empêchée d'épouser Kluber, et de cette façon bien qu'indirectement avait été la cause de son mariage avec M. Slocum, avec qui depuis vingt-huit ans elle vit heureuse et dans l'abondance.

Leur maison est connue de tout New-York.

Gemma annonça ensuite qu'elle avait cinq enfants : quatre fils et une fille de dix-huit ans, qui est déjà fiancée. Elle lui envoie la photographie de sa fille, parce qu'au dire de tous elle ressemble à sa mère.

Gemma avait réservé les nouvelles tristes pour la fin de sa lettre.

Frau Lénore était morte à New-York où elle avait accompagné sa fille et son gendre. Elle a vécu assez longtemps pour pouvoir jouir du bonheur de ses enfants et élever ses petits-enfants.

Pantaleone voulait les accompagner en Amérique, mais il était mort la veille du jour fixé pour le départ de Francfort.

« Et Emilio, notre cher, incomparable Emilio, il est mort de la belle mort, pour la liberté de sa patrie, en Sicile, où il est allé dans les rangs des *Mille* avec le grand Garibaldi à sa tête. Nous avons pleuré chaudement la mort de notre cher frère, mais en le pleurant nous en étions fiers, — et nous en serons fiers toujours. Sa mémoire nous est sacrée! Sa grande âme désintéressée méritait la couronne du martyre ! »

En terminant sa lettre, Gemma exprimait le regret de savoir que la vie de Sanine avait été si peu satisfaisante, elle lui souhaitait avant tout la paix de l'âme, et ajoutait qu'elle eût été heureuse de le revoir, bien qu'une telle rencontre fût peu probable.

Il est impossible d'exprimer ce que Sanine ressentit en lisant cette lettre. Il n'y a pas de mots pour rendre des sentiments semblables. Ces sentiments sont plus profonds, plus forts, plus vagues que la parole. La musique seule pourrait les exprimer.

Sanine répondit immédiatement et envoya à Mariana Slocum « d'un ami inconnu », comme cadeau de noces, la petite croix de grenat superbement enchâssée de perles fines. Bien que ce présent fût d'une grande valeur, il ne ruina pas Sanine. Pendant les trente années qui s'étaient écoulées depuis son séjour à Francfort, il avait gagné une fortune considérable. Il revint à Saint-Pétersbourg au commencement du mois de mai — mais pas pour longtemps probablement.

On assure qu'il cherche à vendre son domaine et qu'il pense partir pour l'Amérique.

FIN

EMILE COLIN — Imprimerie de Lagny

Original en couleur

NF Z 43-120-8